「超」怖い話 己《つちのと》

松村進吉 編著

深澤夜、原田空 共著

※本書に登場する人物名は、様々な事情を考慮して全て仮名にしてあります。また、作中に登場する体験者の記憶と体験当時の世相を鑑み、極力当時の様相を再現するよう心がけています。現代においては若干耳慣れない言葉・表記が登場する場合がありますが、これらは差別・侮蔑を意図する考えに基づくものではありません。

ドローイング　担木目鱈

まえがき

本書は無事、読者諸氏のもとへ届いているだろうか。

届いたと信じてこのまえがきを記すしかない。

今夏の厳しさは例年の比ではなかった。

あまりにも多くのことが起こり、重なりすぎた。

こんな稼業に手を染めておきながら、今更不幸自慢をしたところで誰に同情してもらえるとも思えないので詳細は割愛するが、我々「超」怖い話の夏班にとって最大の危機だったと言っても過言ではなかろう。


怪談というのは往々にして、人の不幸のコレクションといった様相を帯びる。

そこに一種の不穏な磁場のようなものが発生したとしても不思議はない。

どれか特定の話が良くないというよりは、幾つもの怪異の標本が陳列された結果、ある閾値を超えた時点でその部屋自体が異界と化し——蒐集者にも閲覧者にも致命的な結果をもたらすのかも知れない。

見えざる災いというのはあらゆる形状をもって、遍く我らを侵す。


中でもその最たる影響を浴びたのが、共著者の原田だった。

今年、彼は数篇の話をどうにか記し終えたところで体調不良が限界に達し、一旦やむなく後衛へと下がった。

その間隙を補ってくれたのが深澤で、ここ一番というところでの彼の踏ん張りがなければ、間違いなく本書は刊行に至らなかった筈である。大変な負担をかけてしまった。不甲斐ない編著者で申し訳ない。

また、例によって竹書房O女史が最後まで我々を支え、信じてくれたことにも謝辞を述べたい。彼女はきっと我々自身以上に、我々を信頼してくれているのだと感じた。

そして毎年、本シリーズを手に取って下さるあなた。

あなたに愉しんで頂けることこそが、夏班にとって、何よりの喜びである。
その為に我々は一年をかけて、この本を用意した。
ここに記された怪異は、あなたに読んで頂くことで、やっと完結する。
日本のどこかで発生したその瞬間から——今、その手の中に届くまで。
これらの怪異はずっと、待っていたのだ。
あなたと出会える、今日という日を。

——どうぞ、よい夏を。

編著者

目次

わらし

横山さんは採石場の受付で働いている。

「簡単に言うと――山土とか、砕石とかを取りに来たダンプに、伝票を渡す仕事です」

なので当たり前だが、職場は山の中にある。

地山を削っては砕き、ふるい分けて、資材として建設現場などに販売しているのだ。

「最近は来ないんですけど、昔は環境破壊だとか何だとかって、自然保護の団体がビラをまいたり、文句を言いに来たりしていました。丁度会社の前の道が、地元の観光地に通じてるもんだから、工事用の大きな車にバンバン通られるのが嫌だったんでしょうね」

要は観光地の組合が、自然保護団体に頼んで圧力をかけていたらしい、というのだが。

こちらはそんなキナ臭い話が聞きたい訳ではない。

「……あ、ごめんなさい。お化けの話でしたね。出ますよ、ウチの会社」

※

その採石場で働く、重機オペレーター某氏の話という。

ある日の午前中、彼はダンプへの山土積込みの合間に、用足しをしようと木陰に入った。なにぶん敷地が広いので、従業員用のトイレまで行っていたのでは、次車の到着までに戻って来られないからである。

「ホイホイ、よこっらしょっと……」

何歩か茂みの中に入り、ジッパーを下ろしかけたところで、ふとその手が止まった。

緑の奥に遠ざかってゆく、鮮やかな橙色。

着物姿。

「……あぁ？」

某氏はのちに、「七五三のような」と形容している。つまり体形などからして、子供に見えたのかも知れないが、それは一瞬のうちに木立の中に消えてわからなくなった。

しばし呆然としてから、某氏は慌てて踵《きびす》を返した。

気味が悪かった。

採石場の周囲は深い山で、着物姿の子供などがうろつける場所ではない。

およそ人間とは思えず、彼は出すものも忘れて重機に逃げ帰った。

※

あるいは、ダンプトラックの運転手某氏の話。

彼の場合は採石場の場内ではなく、そこへと続く狭い県道での体験である。

道は片側を山肌、片側をガードレールに挟まれており、その向こうには川が流れている。

ごつごつとした大きな転石が積み重なる、水量の少ない小川。

ある日の運搬中、運転手某氏がふとそちらの方に目をやると、直径一メートルはありそうなひときわ大きな岩の上に、赤い服を着た子供が立っていた。

——咄嗟に、これはまともな人間ではないと思ったそうである。

すぐさま視線を道路に戻し、「し、知らん知らん。見とらん見とらん……」とその場から走り去ったのだが。

翌日、丁度彼が子供を見たというその場所で巨大な落石があり、間が悪ければダンプや観光バスに衝突していたかも知れないと聞いて、改めてゾッとした、とのこと。

「何やら縁起の悪い気がしたんだよ、俺は。案の定だわ。いっそ道路を拡幅して、あんな川は埋めてしまえばええのに……」

と、某氏は苦い顔で語ったらしい。

※

そして横山さん自身も一度だけ、それらしき何かと遭遇したことがある。

時刻は夕方。仕事を終えて帰ろうと、自分の軽自動車に乗り込んだ際。

ぐらぐらぐらぐらぐらぐらッ——と車が揺れた。

すわ地震かと思い飛び出したところ、キョトンとした顔の同僚と目が合った。

「……どうしたの？」

「ああビックリした。今、揺れたよね？　すっごい横揺れ」

「えっ？」

揺れていない、と同僚は首を振る。

立ち眩みか何かではないか、少し休んだ方が良い、と心配された。

そんな馬鹿なと思ったが、他の従業員らもまったく騒いでおらず、どうやら揺れたのは彼女の車だけだったらしい。


敷地を舞う土ぼこりは、従業員達の自家用車にも容赦なく降り積もるので、皆慣れっこになっている。風が吹けば吹き飛んだりもするが、一度人の手の脂がついた場所には、丁度指紋採取をする時のように薄っすらと、手形として残ってしまう。

――数日後、横山さんは自分の車のフロントガラスにびっしり、沢山の手形が残っているのに気づいた。

それらはすべて、小さな子供のものであったという。

※

イタズラのつもりでしょうかねと苦笑すると、横山さんは頬を固くして否定した。

「まさか。落石の話をしたでしょう。私たちを殺しに来てるんですよ、あれは」

先の話の運転手某氏は無事だったが、早朝、別の運転手がその石にまともに乗り上げ、ダンプを横転させた。

最初の話の重機オペレーターは、動揺していた為にその後操作を誤り、高さ三メートルの切土から重機ごと転落し、腕と腰の骨を折った。

他にも、どこからか子供の声が聞こえると言っていた事務員は乳癌で仕事を辞め、また別の従業員は幼い娘が大病を患って会社に借金をし、結局行方をくらましてしまった。

そんな馬鹿な噂を広めるのは止めろと叱責していた先代の社長は、下校中の小学生を車で轢き、何年か交通刑務所に入っていた。

「……これ、全部ホントですよ。だからきっと、そういうことなんです」

あの山は子供に祟られているか、あるいは子供を祟るのだと、横山さんは言った。

――車が揺れて以来、横山さんは駐車位置を建物の近くに変えたという。

作業場にも近いため、毎日積もる土ぼこりの量は増えてしまったが、命の危険を思えば比べ物にならない。

あの時——彼女の軽自動車は、朝に止めた位置から二十センチほども後方へと滑り、移動した痕跡が残っていた。

更に一メートル後ろは、崖である。

「揺らしてたんじゃないんです。押してたんですよ、私が乗った車を——」

裏在

　以前、地区の自治会長をしていたという山浦氏から聴いた話。

「想像以上にね、忙しいんだよ。自治会長って。定期的な会合に加えて、防災訓練やったり、ゴミ捨て場の掃除したり。地域のお祭りも企画しなくちゃならないし、一人暮らしの高齢者の見守りなんかも仕事なのよ」

　仕事持ってたら、どうしても片手間になっちゃうね。そりゃあ、若い人たちは自治会に入りたがらない訳だよ――と、山浦氏は眉をしかめる。

　ある春先のこと。山浦氏のもとに独居の高齢女性から相談があった。

「引っ越してきたばっかりのばあさんでね。一戸建ての平屋の借家に住んでてね。息子が一人いるんだが、結婚して北海道に住んでるって話だったな」

老女からの相談内容は「この家はなんだかおかしい気がする」「部屋の中の物が勝手に動かされている」「誰かが知らない間に入っているんじゃないか」等々。

認知症かも知れないな――。

山浦氏はこれまでにも、同じような相談を受けたことが何度かあった。いずれも高齢者からの相談であり、結果としては認知症の症状によるもので、介護サービスの利用を勧め、今は皆が介護施設に入所している。

「一度、家に来てくれないか」との申し出に、山浦氏は女性宅へ足を運ぶことにした。

初夏の強い日が差す午後。六軒並んだ同じ造りの古い戸建ての平屋。

チャイムを何度か押すが、鳴っている気配がない。建て付けの悪い玄関の引き戸を開け、中に声を掛けるが、応答はない。

「●●さん、山浦です。中に入りますよ」

断りを入れ、狭い玄関から中に入ると、六畳程の狭い居間の炬燵《こたつ》に女性の姿があった。

座椅子に腰掛けた女性は山浦氏の顔を見ると、穏やかな笑顔を返した。

炬燵を挟んで腰を下ろした山浦氏に、老女は一枚の紙切れを机の上に置いた。

新聞の折り込みチラシの裏面で、そこには拙い字がびっしりと並んでいた。

一、朝起きると家の中の物が動かされたり、倒れています。
二、箪笥が開いていたり、中に仕舞っておいた服が畳の上に散らばります。
三、洗濯物を家の中に干しておくと、いつの間にか汚れています。
四、時々、家が揺れる気がします。
五、いつも誰かに監視されている気がします。

――概ねそのような事項が二十程書かれており、最後の一行に「どうか助けてください。よろしくお願いします」とあった。

「正直、参っちゃって。いくら高齢化社会って言ってもさ。こんな相談ばっかりを受けても、俺が何かできる訳でもないしね」

それよりも山浦氏が気になったのに、老女の家に足を踏み入れてから天井付近から始終聞こえてくる音だった。

「ずずずぅ、ずずずずぅ……、って。何かを引き摺っているみたいな」

山浦氏は老女に了承を得てから、脚立と懐中電灯を借りると、天板を開けて屋根裏を見てみることにした。

「その後に会合があったし。せめて音の原因だけでも説明して、早く帰ろうと思ったんだ」

山浦氏は脚立に昇り、天板を外して天井裏に顔を入れた。

ずずずぅ、ずずずずずずぅという這い摺るような音が一層大きく聞こえた。音のする方向へ懐中電灯の光を向けると、何かがある。

「腰が抜けるってのはああいうのを言うんだろうな。見た瞬間、すとんと力が抜けて、脚立から落ちちまった」

天井裏にあったのは、一対の雛人形。

男雛と女雛が並んでいたが、いずれの顔も墨で塗りたくったように真っ黒だった。

そしてその周りを、子猫程の大きさの黒い塊がゆっくりと這い摺り回っていた。

山浦氏は老女に「特に何もおかしなところはなかった」と話し「この家に馴染めないようであれば引っ越しを考えてはどうか」とだけ告げ、足早に老女の家を後にした。

「とにかく一秒でも早く、その家から離れたかった」

老女は足を運んでくれた山浦氏に深々と頭を下げ、玄関先まで見送ってくれたという。

「それで——その女性には山浦さんが見たものは伝えてないんですか」

ふうっと溜息を吐いた後、山浦氏は満面の笑みで、大丈夫、大丈夫と私に言った。

「ばあさん、聾唖者《ろうあしゃ》なんだよ。だから、あの音は聞こえてなかったと思うよ」

数か月後、山浦氏宅の郵便受けに老女からの手紙が差し入れられていたという。


短い間でしたが、何かとお世話になりました。やはりこの家は私が住むべきものではなかったと思います。息子に相談したところ、息子の家の近くの借家に住まわせて貰えることになり、転居する運びとなりました。（中略）ところで、あの日、会長様は天井裏で、何を見たのでしょうか。

「……えっ、返事？　出してない出してない。地区を出てった年寄りの面倒まで、見てられないからね」

「じゃあ、結局ご自身は何を見たんだと思いますか」
「さあねぇ……。別に、深く知りたいとも思わないから。まあ良いじゃない。とにかく自治会長ってのはそのくらい、忙しい仕事だった訳です。そりゃあ成り手もいない筈だよ。ハッハッ」

話を聴き終えると、私は丁重に礼を言い、席を立った。
私は自宅に着くと洗面所に向かい、少しだけ吐いた。

ふすま

「中坊のときだなぁ。自転車乗ってて、フッと首を横に向けたら」

遠くの野原に襖《ふすま》があった。

ガードレール、石ばかりの河原、土手、黒々とした田畑の土――。

その向こうに、きっちり二枚揃った襖が立っている。

何もないところにだ。

「『はぁ?』ってなるよね。いくら田舎でもだよ」

農具置きなどの小屋なら沢山ある。

だが、何もないところに襖を立てるようなことはない。

少なくとも春川さんは、そのような風習を知らない。

「中学まで生きてきて、そんなの見たの初めてだよ。妙なことやる奴がいるなって、その時はそれだけで通り過ぎたんだけど」

二度目は、意外に早く訪れた。

「夜中に、季節外れの雷が鳴ってて。バケツをひっくり返したような雨は降るわ、ストロボ焚きっぱなしみたいに外が光ってて」

自室の窓から、彼はそれを見ていた。

荒涼と広がる休耕田と、申し訳程度の林が見えた。

普段ならば真っ暗で何も見えないだろう。それが昼間のように、ただし青白く景色が浮かび上がっている。

時折光に浮かぶのではない。殆どずっと浮かんでいる。雷はそれほど激しかった。

その真ん中に――。

(また襖だ)

きっちり揃った二枚の襖。

それは見ようによっては、閉じていると言えなくもない。何もない場所に襖があって、閉じているもへったくれもないように思うが、二枚がピタリと合わさっているという意味では閉じている。

いつからそこにあったのだろう。

外を眺め始めて、最初のうちは気付かなかった。つい今し方、そこに現れたかのようだ。

（――そういえば前のときは……）

眺めているうちに、ふと気色悪く感じ始めた。

以前襖を見つけたときは遠かったし、こちらは立派な県道を走っていたから気にならなかった。だが今こうして対峙しているとはっきりとわかる。

それは閉じたまま、こちらに向いているのだ。

彼はカーテンを閉めた。


「急に薄気味悪くなって。まぁ、実際それから暫く見なかったんでさ、さすがにもう見ることもないと思ってたんだけど――」

三度目があった。

「晩飯遅いなと思ってたら、お袋に呼ばれたんだよ。晩飯にしたいけどなんかまだ爺さんが帰ってこないって言われて」

飲み友達の家に行ったきり戻らないのだという。

春川さんは、母に頼まれて祖父を探しに出た。

「たま～にありましたけどね。っていっても九時過ぎまでってのは結構珍しかったんじゃないかな。隣の家に行って、帰ってくるだけのことだったんだけど」


祖父を確保し、家路についた。

空は曇り、月もない夜だった。

だが空はとても赤く、明々として、周囲は明るかった。

懐中電灯も要らない。まるで明け方か、夕刻のように感じた。

祖父は「自分で歩く」と手を振りほどきつつもかなり酔っ払っていた。

千鳥足だ。振り向けばそれも、道脇の草むらに突っ込んでいるような有様だった。

（しようがねぇ爺だなぁ）

老人を起こしては手を振りほどかれ、また少し歩くの繰り返し。

自宅が見えてきた頃、祖父が道端に座り込んで動かなくなった。

（ここまで来たら親父か兄貴でも呼んでくるか）

爺ちゃん動くなよ、と言い聞かせ、春川さんは一人歩き出した。

数歩歩いて、彼はビクリと足を止めた。

視界の隅、すぐ脇の草むらのところに、おかしなものが見えたのだ。

それは紛れもなく、今出現した。

襖だ。

二枚揃い、ピタリと閉じた襖は、背の低い草むらの中、仄暗い田畑を背負って立っている。

なぜ、と思うよりもまたか、と思うのが早い。

しかし——至近距離だ。手が届くほどの近さ。これまでとは違う。

襖は、ごくごくシンプルな山と鶴の絵が描かれていた。

だがそれは遠巻きに見た時よりも、薄汚れていると気付いた。

否——ただの汚れではない。

左上からびっしりと並んだ、手形が押してあるのだ。

手形は大きいものも小さいものもあったが、なぜか全て左手だった。

(うぉ、なんかこれ——ヤバい)

咄嗟に総毛立った。

何とか祖父を抱えて、或いは置き去りにして逃げようと思ったのだが、彼は手形のひとつから目を離せないでいた。

たったひとつ、並んだ手形の一番右下、おそらく一番新しいと思われるもの——それから目が離せない。

その手形は、おそらく、自分のものによく似ているのだ。

手形など何年も取っていない。それでも手は毎日見るものだ。

見間違うはずもない——が。

「ヤバい、とは思ったんだけど。どうしても目について、離せない。その手形がもう、自分の手形としか思えないんだけど、そんなとこにあるわけもなくって」

自分の手形ではない——。

それを確かめるために、彼は手を伸ばした。

恐る恐る。しかし自然に、襖に押された手形に、自分の手を重ねる。

ぴたりと合った。
まさしくこれは、自分の手形なのだ。
そう思った瞬間、スッ、と音がした。
襖が開く音だ。
見ると、彼が向き合った左側の襖の対、右側の襖が、スーッと開いて、止まった。
二十センチほどだ。
息を呑んだ。
襖の隙間の奥は、夜空よりも遥かに暗い。
中に何がいるのか、それとも何かが出て来るのか――。
彼は動けなかった。左手を手形に重ねたまま、離すことができない。
しかし右手は自由だ。それを伸ばせば、襖の引き手に手をかけることができる。
思わず手を伸ばそうとした瞬間、急に右手を掴まれた。
見ると、祖父が追いすがるようにして彼の右手に掴まっていた。
「止せや！　開けちゃなんねえ！」
再び見ると、襖は消えていた。

彼の左手は、中空の何もないところに、ぴたりと張り付いていた。

「そのときゃ、その場でだいぶ怒鳴られて。何度呼んでも返事しやがらねえって言われたんだけど、俺はそんなの全然気づかなかったものなぁ。でもあとで爺さんに聞いたら、『俺は何も見てねぇ』の一点張りで……。まぁ実際相当酒入ってたし、本当に覚えてないのかも知れないけど」

それから一度も、彼の前に襖が現れることはなかった。

「あ、そういえば一つ変なことがあったな。俺が実家を出て暫くした頃――」

祖父が亡くなった。

葬儀に実家を訪れた春川さんは、一つ妙なことに気付いた。

家じゅうの襖が取り外されていたのだという。

「法事のときなんか、二間続けるのに外すのはよくあるよ。でも家じゅうのっていうのはなぁ……」

未だに、誰もその理由を語らないのだという。

死に霊

「引っ越してすぐだったねぇ」

彼の拘りはバストイレ別の物件。「これだけは譲れない」と言って探したのだそうだ。

そういうのあるでしょ、と小山さんが言うので、宅配ボックスかなと答えると、「そうだ、そうだよねぇ」と膝を打って笑った。

「次はそうだな、やっぱ宅配ボックスだな」

やや贅沢に感じるほどの広め。

１ＬＤＫだがウォークインクローゼットが広く、部屋と言っても過言ではなかった。

小山さんは大いに気に入ったが、入居後数週間でそれと遭遇した。

「バスルームのドアを開けたらね、居るんだもん」

見知らぬ女の後姿だ。

髪は撫でつけたように丁寧に後ろに流してある。

小豆色のカーディガンに薄緑色のスカート。

それだけではない。

横には倒れた小柄な、おそらく少年。

更にその女の足の間に、男の下半身が見えた。

女は男の頭をバスルームに張った水に沈め、押さえつけている。

バスタブから垂れた男の半身が、激しく暴れている。

女はそれをものともせず馬乗りになり、押さえ込んでいた。

音はしなかった。


事故物件――。

バスルームを閉めて、最初に浮かんだ言葉がそれだった。

小山さんは何も聞かされていなかった。相場より若干安いのは認めるが、築年数を考えれば異常に安いとも言えない。

さっきのアレは、気のせいでは断じてない。そういう種類のものではない。

女の、実に巧みな体重のかけ方が蘇る。

背中、肩のラインが丸まっていない。Uの字型に沿って、無駄のない所作で効率よく男の頭を沈めていた。

自分なら、絶対にあれから抜け出せない。

すぐに管理会社の担当に連絡した。


『事故物件んん？　そんなじゃないですよ。言いがかりはやめてください』

取り付く島もない。

「調べても事件らしい事件は出てこなかったしね。担当の言うことはどうやら本当みたいで」

数週間に一度のペースで、小山さんはそれに遭遇した。

「脱衣場で脱いでからそいつに遭うと、さすがに風呂入れないから。まず居ないことを確認して、それから脱ぐ」

段々わかってきたことだが、事前の確認はある程度有効のようだった。
そして風呂場以外、少なくとも居室にいる限りは安全であった。
（終わるまでテレビでも観るか）
平静を装いつつも、テレビの内容は頭に入ってこない。
自然と、耳がバスルームのほうを意識している。
目がバスルームへのドアに嵌められた曇りガラスの向こうを見ている。
（終わるまで、って言っても――）
暴れる男の腰から下が思い出された。
男の手首は外側を向けられており、少しも力が入らない。
足をバタバタさせているだけで、膝がバスルームの床で滑っている。
そしてその横で背中を向けて倒れている少年――。
十歳かそれくらいだろうか。
女の年齢はわからないが、髪の艶だけなら若そうに見えた。
三人とも、顔すら知らない。
それを思うと、小山さんの中に後ろめたさのようなものが生まれた。

「俺は、別に……別に悪いわけじゃないと思うんだよ。悪くないよな？　どう考えたっておかしいのはあいつらだよ。俺は契約もしたし、保証会社の審査も通ってる。家賃だって払ってるし、きれいに使って、敷金だってきっちり取り返すつもりだった。でもなんだ、なんだアレは」

凶行である。

日常的にそんなものを見せられて、お化けだ事故物件だなどと、そんな言葉で納得のできようはずもない。

バスルームで殺戮が行われている以外は、全く非の打ち所のない物件であった。

それでも半年のうちに、彼は引っ越しを考え始めていた。

目下の問題は敷金の返還と、契約にあった「最低一年は住む」特約である。

住宅は供給過多になりつつある。しかしながら借主の立場は圧倒的に不均衡で、そうした山のような特約に縛られている。

「契約書には、『已むを得ない場合』には特約があっても契約を解除できるってあるんですけど、これってどういう場合ですか？」

彼は担当に直接相談した。

「災害、物件自体の瑕疵とかですねぇ」

「瑕疵」

「――お化けが出たなんてのはダメですよ。それはお客さんの問題。調べて貰ってもいいですけど、物件自体には何の瑕疵もありませんからね」

担当はそう断言して、せせら笑った。

――ああ、と小山さんは納得した。

そちらの問題と言われて傷つきもしたが、もっと根本的な摩り替えが行われたことに気付いたのだ。

第一、事故物件と幽霊がでることはイコールではない。それは本来、心理的瑕疵に過ぎない。事故物件ならば出るということもないし、逆も成り立たない。それなのに、事故物件ではないという一点をもって、小山さんは苦情ひとつ取り合ってもらえない状態にある。

他には、と促すと担当は、

「そうですね。入院とか介護、そうした健康上の問題は鑑みますね」

と言った。

その帰り道——。

彼は駅のホームで、よく知った後姿を見つけた。

撫でつけたような長い髪、小豆色のカーディガン。グリーンのスカート。

(まさか)

我が目を疑った。

あの女だ。

生きていた。

女が生きていて、逃げおおせていたなら、そもそも事件そのものが発覚していないのだ。

小山さんの中で、何かが繋がって、明確に形を得た。

(こいつが俺たちを)

彼はいつの間にか、女のすぐ後ろに迫っていた。

(終わりにしてやる)

こいつが死ねば、きっと警察も調べるだろう。いや、俺が洗いざらい全部喋ってやる。

こいつが――。

そのとき、彼は気付いた。

女は靴を履いていない。裸足だ。

ふと疑問が浮かんだ。

（本当にこいつは生きているのか？　そっくり同じ服のままで？）

その瞬間、女の姿はパッと掻き消えた。

鼻の先を、下り通過列車が猛スピードで通過してゆく。

風圧で彼はよろけた。

〈下がってくださいっ！〉

絶叫に近いような、駅のアナウンスで彼は我に返った。


「……かなり危なかったと思う、アレは」

一度それがあってからは、彼もそれまで通り家で過ごすことができなくなった。

何より、一度結実して行動にまで及んだそれを、抑えておくことが難しくなったのだ。

「風呂場に、またあいつらが出るんだよ。何事もなかったように、あのホームで見たのと同じ後姿がある。いい加減見慣れたはずなんだけど、それがあってから変な震えが来るんだよ」

何度も繰り返す凶行の風景。

彼もまた、そこに混じりたいと思うようになっていた。思えば、ただ知らぬふりをしていることに罪悪感を覚えたときから、時間の問題だったのかも知れなかった。

しかし、どうしてもそれはできなかった。

目の前で男を押さえつけ、沈めている彼女の姿は、勝てそうにないのである。

自分なら絶対に抜け出せない——最初に直感した通り、ただ逃げることしかできない。

雑踏で、夜道で、駅で——彼は、無意識のうちにその女の後姿を探すようになっていた。

「一度あることは二度ある——ってね」

二度目の遭遇は、マンションの中だった。

エレベーターを降りて、部屋に向かう途中、蛍光灯に照らされたその女が居たのである。後姿だった。

暫し唖然と、突然の邂逅にたじろぎつつも——次第に彼の中であの感覚が明確になった。

「お前！　よくもやりやがったな！」

声を荒げる。

女は何も答えない。

やはり裸足である。

「死んでるのかよ！　まだ生きてるのかよ！」

後ろでドアが開いて住人が顔を出すのがわかったが、小山さんは女から目が離せなかった。

バスルームでの凶行からは想像もつかないほど、静かな佇まいだった。

「こっちを向けよ森ガール野郎！」

彼は思い切り女に掴みかかり、そのまま宙を舞った。

女は消えた。そこに非常階段があったのだ。

大した階段ではない。だが飛び込んだ角度がまずかったのだろう。彼は非常階段の折り返しを飛び越え、階下まで転がり落ちた。

「骨折して入院になったお陰で、例の特約はね、解除できたよ。いや、ちょっとは渋られたんだけど、まぁ最後は押し切りだよね。担当も『もういいです』って逆切れしてた」

敷金は概ね全額返還されたという。

しかしながら小山さんは、あまり良い物件を探す時間的な余裕がなかったことを悔いている。

今の住居は、バストイレ別という条件はクリアしているものの、満足はしていない。

駅から遠いし、買い物にも不便だ。

「次は、そうね——宅配ボックスだっけ？　覚えとくわ」

ディストート

「肝試し？　肝試しだってよ——ナァ、どうなん？」

「肝試しって言われちゃったよ」

田口と寺井の二人は顔を見合わせて、小突きあいながらニヤニヤと笑った。

「自分ら、そういうの怖いように見えます？」

二人とも体格がよく、特に田口は常人の二倍近くはある巨漢だ。

「怖いってかむしろ邪魔ってえか～。ま、むかついたんですよ。で、ボコったと」

話を少し戻そう。

彼らは何人かで集まり、部屋でゲームをしていた。田口は負けが込んでくると、「頭を冷やしてくる」と言い残してコンビニへ向かった。

コンビニまでは普通に道なりに行けば三十分近くもかかる。大きな墓地を迂回することになるためだ。そこを突っ切れば片道十五分ほどになる。

「まー、でも、チョイチョイ遅いよな。オマエってさ。何してたか白状しろよ」

「だからボコってたんだって」

田口は「頭を冷やす」と称して、その辺の墓石を倒していた。

「そこまで高まってたんはそんときが初めてだったんすけど。こいつが丁度いい重さなんすよ。墓石が転がるとバッキーンっていい音がして、気分がスッと晴れるんすよ。すぐ走って逃げますけど」

墓荒らしである。

「でっかい花とか置いてあるとテンション上がりますね。音がしないんで、こっちはやり放題」

どうしてそんなことをするのかと問うと、田口は暫く寺井と「なんでって……なぁ」と笑いあって答えた。

「墓とか、邪魔じゃないっすか。ネットで見たんですけど、今生きてる人の数って今まで死んだ人の数より多いんですよ。このままじゃ地球が墓だらけになっちゃう」

「アー、コイツの言ってるのは、今生きてる人たちがみんな死んだらって意味で……だよな？」

そうそう、と田口は頷いた。


彼らの主張の正誤はひとまず置く。

その晩彼は、そうして墓地を突っ切り、墓を荒らしながらコンビニへ向かった。

部屋を出るときには午後十一時を過ぎていた。

その日は華やかな盆飾りがまだ所々に残っていて、田口はこれを千切っては投げしながら悠然と進んだ。

贔屓《ひいき》の野球チームの応援歌を口ずさみながら、投げる、打つの大活躍だ。

いつもなら十分かそこらで墓地の出口に着くはずだが、興が乗り過ぎたものか、この日は歩けど歩けど出口が見えてこない。

「アレッちっと変だな～と思ってスマホ見たら、十二時過ぎてんすよ。でもまだ墓場の真ん中で」

我に返った彼は異変に気付いた。

「周り見たら街灯もないし、やったら寒ぃし、変だなって」

そこは、彼の知る墓地ではないようだ。

しかし彼はすぐにそれに気づくことなく、一直線に進んだ。


更に進んでも出口は見えてこない。

疎らだった明かりはもう一つもない。月でも出ているのか夜空が妙に明るい。

月が直接見えることはなかった。それほど鬱蒼とした森だ。

墓石の影が並んでいた。

一歩ごとに足が地面に深く食い込む。管理墓地の地面とは思えなかった。

さすがに田口もおかしいと思い始めた。

「なんすかね、スニーカーがすっげぇ重くなるんですよ。にちゃっ、にっちゃって。そんなことあり得ます？」

泥の上を歩けばそれが普通だろう。ただ、少なくともそのお陰で自分が知らない場所にいると気付いたのだ。

都合一時間も歩いて、彼は苛立ち始めていた。

「んで、ちょっとムラッとして。その辺の墓を、ぶち壊してやろうと思ったんですよ。ウォーッって」

彼は雄たけびを上げ、墓石に組み付いた。

だが、倒れない。しかも細い。

そしてどうもそれは、石ではないと気付いた。

木であった。

等間隔に並んだそれは、どうやら墓である。しかも柱のように、木でできていた。

その墓は、おそらく半分以上が地面に埋まっていた。

力いっぱい押すと足元の地面がむんずりと動き、僅かに傾くだけですぐに戻ってしまう。

「こっちもつい本気になって。だってそんな木だか柱だかみたいな、そんなもんに負けた

ディストート

らカッコつかないっしょ」


どれか根性のない墓があるはずだと、片っ端から全力で押していった。

すると突然、彼の視界が歪んだ。

暗闇でもそれはすぐにわかった。

立ち並ぶ墓の影が、天頂を覆う木の枝が、自分の掌が、ぐんにゃりと歪んでいた。

彼は立っていられなくなり、その場に腰を下ろした。

休んでいれば異常が収まる。彼はそう考えた。

顔を上げると、真っ白な人影が目に入った。

座ったまま周囲を見る。

同じような白い人影が、物陰からひょっこりと現れて、こちらへ来る。

そのうちに白い人影は、彼を囲んだ。

彼の視界は全てが斜めに歪んで、伸びて、部分的には渦巻いていた。

それでもどういうわけか、その歪んだ視界のなか、人影だけはどれも歪みなくはっきりと見えていた。

「で、目の前はぐっちゃぐちゃなんですけど、そいつらは全然歪んでなくて。で、めっちゃこっち詰めてくるんですよ。黙ってて何も言わないんすけど、詰められてんの、空気でわかりますよね？」

「アー、コイツ、クスリとかはやってないですよ。オレもだけど」と寺井がフォローする。

その頃、寺井は「アイツいい加減遅ぇな」と痺れを切らしていたのだという。

彼は田口にタバコを頼んでおり、帰りを待っていた。

「十二時半くらいっすかね。こっちもタバコ切れてるし、待ってらんねぇと」

寺井も部屋を出た。

部屋を出たら、雨が降っていた。

傘をさし、彼も墓地を突っ切る。

「……荒らさないのかって？　ナー、コイツと一緒にしないでくれます？　自分ちの近くでそんなことするわけないじゃないっすか」

真っすぐコンビニを目指した。

「で、見たら、途中にコイツが落ちてて、暴れてたんすよ。雨ん中」

寺井は、墓地の出口あたりで田口を見つけた。

僅かに降る雨の中、田口は何かを叫びながら、砂利を投げつけている。

それだけではない。

田口を追い囲む白い影がいくつもあった。


「コイツが言うのとちょい違って見えたんすよね、オレには」


寺井には、その白い影は一つとして、人影であるようには見えなかった。

もし仮に人影だとするなら、それらは斜めに押しつぶされ、肩から上を引き延ばされたりしたことになる。

ぐにゃぐにゃ――彼からはそう見えた。

そんなものが人であるとは思えなかったのである。


「んでー、なんかヤベーのはわかったんで。避けてコンビニ行って、酒とタバコ買ってから戻ったんですわ。そしたらコイツ気ぃ失ってて。白目剥いて倒れてんの初めて見たんすけど。クッソ笑える」

「るっせぇよ。おめーが早く助けにこねーからだよ！」


この話を聞いて暫くしてからだ。

寺井に連絡をすると、「アー、イヤ、あの話はマジで……」と口籠った。

『ぐっさんのこと、あんま言わないで欲しいんすけど……。本とか載せるのやめてもらえます？』

寺井はともかく田口のほうは本に載るつもりで喜んでいたのだが。

墓荒らしが犯罪である旨は伝えておいた。「時効時効」と言っていたが察するに、冷静になったら急に警察が怖くなったのであろう。既に警察沙汰になったのかも知れない。

しかし聞けば、ぐっさんこと、田口が亡くなったのだという。

先日、彼はアパートの外廊下と居室の間で発見された。

死因は心臓疾患らしく、巨体の彼であったことだから、おそらく持病か何か、ポテンシャルに比して負荷が高かったのだろう。

弔意を伝えたが、寺井にはうまく伝わらなかったかも知れない。

『アー、聞いただけなんすけど、なんか酷かったみたいで。家から出ようとしてたのか、ドアからはみ出してたって。したら夜のうちに、カラスでもすげぇ来たのか……なんか酷かったって、見つけたのダチなんすけど、マジ酷かったって……』

寺井は、一度、墓地で倒れている田口の姿を見ていた。重なるのだろう。


しかし更に暫くして、今度は寺井のほうから連絡があった。

この前とは一転、ぜひ本に書いて欲しいというのだ。

会って話を聞くと、だいぶ思い詰めた様子であった。

やつれたのみならず、首の辺りが赤黒く変色していた。以前会ったときにはなかったものだ。

「オレ考えたんすけど、やっぱアイツのことはなんか書いてもらったほうがいいっていうか、知ってもらったほうがいいっていうか」

彼自身の様子が気になった。以前よりも酷く疲れて見えたからだ。

「オレっすか？　……はい、全然寝れてないんすよ。あの直後辺りぐから、頭痛くって。ぐっさんのこともあったから、すぐ医者行ったんですが何もなくって。でもそのことなんですよ。今日話したいのは」

頭痛は絶え間なく続いた。

検査で異状がなかった彼だが、知人の間では一つ、噂が立ったのだという。

寺井のこめかみのあたりに、穴が空いているのだそうだ。

見たところそんな異状はないが、街で二度見する人間や、形振《なりふ》り構わず凝視してくる人間も稀にいる。

知人によれば、彼のこめかみの穴は、本来の右側のこめかみよりは少しだけ奥に空いている。とても深く、大きさは指一本入れるのに丁度良い大きさであるという。

「そいつが言うには、オレはもうダメらしいんすよ。『お前はたぶんすぐ死ぬ。本当ならもう死んでる。今生きているのは、生かされているんだ』って。そういうスピリチュアル？　ってのはよくわかんねーけど、死んでるって言われて、アーッ、そうだなって思ったんすよ」

この話を聞かされて、寺井は田口のことを思い出した。

ほんの一瞬、田口が自分を守ってくれていると——そう解釈した。

彼は田口の実家に連絡した。田口の墓参りをしたいと言ったのだ。

だが遠回しに断られ、実現には至っていない。

まだお参りできる墓がないのだというが、詳しいことは教えてもらえていない。

「それでオレ初めて知ったんですけど、墓って家ごとなんすね。一人一個作るんだと思ってました。ぐっさんもそんなこと言ってたし」

彼はそう、しみじみと語った。

「……んでね、そのままじゃオレも収まりつかないし。タトゥーを彫ったんすよ」

墓参りができなかった彼は、友人を弔うために、田口の遺影をタトゥーにすると決めた。

だがそれも失敗した。

「アレルギーが出ちゃったんすよ。それまで何でもなかったんすけど、彫ったとこが爛れて……ほら、それでコレっすわ」

彼は自分の首を指差した。

肩に彫った友人の遺影は、そこから首まで、皮膚ごと爛れてぐずぐずに崩れてしまっていた。

「マー、そんなこんなあって、お願いしますわ。本に書いてもらえないかなって。そしたらなんか、肩の荷？　担いだ荷物が軽くなるかなって気がしたんすよ」

別れ際、以前彼らの言っていた「今生きている人間の数はこれまで死んだ人間の総数より多い」という話は間違いであることを告げた。

「やっぱそっすか……。なんとなくですけど、そんな気がしてました」

彼は、力なく笑った。

位置ゲー

「三年くらい前にハマってた位置ゲーがあって」

志賀さんがプレイしていたゲームは、スマートフォンの位置情報を利用するものだ。

実在の名所などの位置に重なるように仮想の目印が設定されている。

目印は勿論ゲーム内にしか現れないが、実際の地図や、あるいはカメラの映像に重なって表示される。これを攻略してゆくことでゲームが有利になる。

攻略には、まず目印に近づく必要がある。

「夜中に車でパパーッと行ってさ。なかなか見つからないこともあるけど、楽しいよ」

その晩、彼が目指していた目印こそ、そのなかなか見つからないものだった。

家から車で一時間半。

途中、いくつかの目印を攻略し、こうなるといっそ遠くまで攻略を進めたほうが効率がよい。

「遠くまで行ったはいいんだけど、何もないところでねぇ。道だけたくさん交差してて」

平らな土地に張り付いた平たい建物。

工場やら中古車屋、牛丼屋チェーン、それだけだ。

付近には大きな陸橋が複数あり、道だけが立体的に交差している。

深夜の国道にはトラックばかりであった。

「立体交差のあたりなのは判るんだけど、暗くて目印らしきものは見えなくって。こうなると厳しいよ。その時間帯、車じゃとてもとても……」

自殺行為に等しい。トラックが行き交う中、スマートフォンを見ながら探しものをするのは不可能だ。

立体交差というやつは高速道路のランプに似て、一旦曲がってしまえば戻ってくることが難しい。効率面でもとても許容できなかった。
「名前なり写真なり、一応は登録されてたんだけども、間違ってるだろこれっていうか、どう考えても別の場所のが出ていて。だからもう自分の足で見つけるしかないなぁって」

彼は車を降りることにした。
場所のアタリはついている。あわよくば、徒歩でも目的に接近できれば勝ちである。
適当な場所に車を停め、スマートフォンを見ながら目印を探す。
目印は通常、史跡や宗教建築など有名建築が多い。
街灯や通行量は多いため、先に目視で発見できると高を括っていたのであるが――。
見つからない。
どうやら近づいているのだが、その先には何もない。
向かう先には、もう立体交差だけだ。
ここから見て左右に走る大きな陸橋の上を県道が通っている。
巨大な壁に向かうようであった。
(やっぱあの辺か……)

近づくに連れ、その立体交差の手前に、小さな石碑が見えてきた。

本当にあれなのか――目印になる史跡にしてはだいぶ小物のように感じた。

スマートフォン上の表示で距離を測ると、どうやらハズレである。本命はまだ少し遠く、陸橋の反対側である可能性もあった。

勿論、位置情報には誤差がある。数メートル程度の誤差は常にある。悪ければ数十メートルになることもある。

こうなると信念と誤差の勝負である。

なにくそと、彼が足を進めたその瞬間だ。

スマートフォンの画面がブラックアウトした。

タッチもボタンも反応がない。

(――?)

数秒後、画面にメーカーロゴが映し出された。

バグかよ、と彼は毒づいた。ゲームのせいか端末のせいか、タイミング悪く再起動してしまった。

再起動が終わるまで何もできない。

きょろきょろしながら起動を待っていると、道路の反対側、巨大な壁じみた立体交差のコンクリ壁に沿って、不可解な場所があるのに気付いた。

そこは殆ど壁の一部だ。壁と、上の県道から降りて来る車線に挟まれた一画。

その一画に、異常に暗い領域があるのだ。広さにして乗用車一台ほど、背はそれより少し高いくらいの領域である。

ぎょっとするほど暗い。

近くに街灯もあるのに、まるでそこだけ舞台の照明が落ちてしまったかのような。

直感的に「そこだ」と思う反面、動物的に「そこはいやだ」とも思った。

ようやくゲームを起動して顔を上げたとき、その暗闇のふちに女性が立っているのに気付いた。

間違いない。

(他のプレイヤーだ。じゃああそこだ……)

彼は手前の、歩行者用の陸橋を渡って反対側へ行った。

ゲームの再起動は終わっていたが、目印との距離に変化だない。

いよいよ暗がりに近づいてゆくと、はたと気になることがあった。

（あの人、どうやってあそこに……）

先の女性は、壁際の真っ暗な場所のふちで、その奥を覗いている。

おそらく目印の攻略に夢中なのだろう。

痩せた長身。オレンジ色の照明ばかりで色ははっきりわからないが、おそらくグリーンのセーターに白っぽい長いスカートだ。

——危ないな、と思った。歩行者が通るような場所ではなかったからだ。

目指す目印は、あの一際暗い場所の中だ。下りランプの向こう、つまり上の県道から降りて来る道を挟んだところにある。

間に横断歩道はない。

いかにも事故に遭いそうな道だ。降りて来る車はスピードが乗っているし、しかもこんな夜中にここをフラフラ歩く者がいるとも思わないだろう。

少なくとも、志賀さんは大いに躊躇《ためら》った。

そもそも、そこまで目印に肉薄する必要はない。

（ここからでいいんだ、ここからで……）

志賀さんはスマートフォンをそちらへ向けた。向ける必要はなかったが、何となくそうした。

すると、画面がまたブラックアウトした。

またかよ、と苛つきながら電源ボタンを押していると、真っ暗になった画面に自分が写り込んでいる。

自分の背後も映り込んでいる。

そこに、女が居た。

「おぉぉっ」と声を上げ、彼はスマートフォンを落としてしまった。

振り向くと、今さっき対面の壁に居た女がすぐ背後にいた。

何かをもごもごと呟いている。

「おっ、脅かさないでくださいよ!」

志賀さんはそう叫びながらスマフォを拾う。

電源が入らない。

女は尚も、こちらへ向けて何かをつぶやいていた。

(何だこの女、おかしいのか……!?)

画面は暗いままだ。再起動しない。

壊れたのかも知れない。

女がすぐ近くに迫っていた。その声がすぐ近くで聞こえる。

〈……ホフッヘヒハフ……ホフッヘヒハフ……ホフッヘヒハフ……〉

「何なんですかもう！　やめてくださいよ！」

叩いても捻っても起動しない。

〈……ホフッヘヒハフ……ホフッヘヒハフ……ホフッヘヒ〉

もう壊れた。

志賀さんは「やめてくれよ！！」と叫びながら逃げ出していた。

「車に戻って、大急ぎで逃げたんだけど。なんかまだ女の声が聞こえるんだよ」

気のせいではない。

繰り返し「ホフッヘヒハフ」と聞こえる。

助手席に投げたスマートフォンからだ。

そこから微かに、女の声がしていた。

叩いても捻っても、止まらなかった。

翌朝、彼は携帯ショップに行って修理を求めた。

「側面に傷がありますね」

そう手慣れた様子でスマートフォンを調べていた店員は、ふとその手を止めて耳を近づけた。

「何か、音がしますね」

首を傾げながら画面を覗いた彼女の顔から、スッと血の気が引いた。

「……交換対応、させていただきますね」

よろしくお願いします、と志賀さんは頭を下げた。

薄氷

今から六年ほど前の晩夏、喜多さんは訳あって仕事を辞めた。

「単なるブラックじゃなくて、ブラックセールスというか、押し売りというか――とにかく普通じゃないから、夜逃げみたいに退職するしかなかったんです」

このままでは意味不明な借金を背負わされると思った、というくらいなので、当然まともな話し合いができる会社ではなかったのだろう。

当時二十代だった彼女は、上司に「もう辞めます」と震える声で短い電話を入れてすぐさま着信拒否し、布団をかぶった。

夕方になってから、マンションのチャイムが鳴った。

「……おい喜多、いるんだろう、って。上司とか、他の男性社員とか、三人くらいが」

ドアの向こうから彼女を呼び、チャイムを連打した。

聞こえてくる口調は、彼らが客を騙す時と同じ、猫撫で声。

――お前の今月のノルマは俺達が立て替えてやるから。な、とりあえず話をしよう。ここを開けてくれないか。中に入れてくれよ。

なあ、喜多。喜多――。

「多分、三十分くらい部屋の前にいたと思います。私もう、ホントに怖くって……」

警察を呼ぼうかと思ったが、相手は口八丁で金を稼ぐ男達である。万が一、やって来た警察官が言いくるめられてしまったりしては目も当てられない。

だめだ。逃げよう。

彼女は電気もつけず、じっと息を殺して一夜を過ごし――翌日の朝には、不動産屋へ駆け込んでいたという。

渡りに船というべきか。隣町で丁度、新築同然の物件が空いたばかりだった。まだ建材の匂いも真新しいマンスリーマンション。

家具家電つきでネット環境も整っており、旅行鞄ひとつで部屋を飛び出した喜多さんには、願ったり叶ったりである。

彼女はその場で契約書にサインをし、即日入居した。

心身ともに疲れていたので、そのまま引きこもってしまいたい気分だったが、何か月も遊んで暮らせるほど貯金がある訳ではない。

生活費が底をつく前に、新しい就職先と定住できるアパートを見つけなければならない。

いくつかの心当たりを回って、喜多さんは働き口を探し始めた。

※

転居から二週間ほどが過ぎた、夕方。

友人に紹介してもらった面接がまたしても不調に終わり、ぐったりした気分で部屋に戻ると、寒気がする。

このタイミングで風邪をひく訳にはいかないので、さっさと風呂に入って寝ようと思うのだが――喜多さんはリビングの真ん中に立ったまま、しばらく動かなかった。

部屋の隅の姿見に映る、季節外れなスーツ姿の自分。

ひっつめ髪に、薄いメイク。

新卒でもあるまいし。

「みっともない……」

突然、自分が滑稽に思えて腹が立った。

どうして私が、こんな恰好をしなきゃいけないの。

「……やめたやめた」

バサッとスーツを脱ぎ捨てて、喜多さんはそのままベッドに潜り込んだ。

その夜のこと。


——スーッ、と冷たい風が頬にあたって目を覚ます。

真っ暗な室内は寒い。布団から出た顔と手が冷えている。

寝ぼけた頭で「扇風機をつけた覚えはないのに」と思い、いや、そもそもこの新しい部屋にそんな物はなかった、と思い出す。

窓は開けていない。エアコンもつけていない。

だったらこの風は、どこから……？

喜多さんは億劫に感じつつ、顔を動かしてそれの出所を探した。

すると視界の端でハタハタと揺れているものがある。

床の上。白い。

それは適当に脱いで丸めたままの、ワイシャツの袖――。

どうして。

ゆっくりと身体を起こし、彼女は揺れるシャツを見下ろす。

風は部屋の壁から、一直線に吹いて来ている。

いや――壁ではない。

シャツの向こうにあるのは、ベッドの上の自分が映った、姿見。

「……なんで?」

喜多さんがひとこと呟いた瞬間、パタッ、とスイッチを切ったように風は止んだ。

翌日以降、彼女は本格的に体調を崩してしまい、部屋を出られなくなった。

前々から「無闇に風邪薬を飲むよりは寝たほうが良い」という主義だったので、薬局へも行かず、自然に良くなるのを待つつもりだったのだが。

ひと晩過ぎ、ふた晩過ぎ。

気が付いたときには身体中の関節が痛んで、身動きもとれなくなっていた。

カタカタと歯が鳴るくらいに寒い。

まるで雪の中に寝ているようである。

カーテンが閉じられたままの薄暗い室内で、ぼんやり天井を見上げていると、頬に風が当たる。

——あっ、また吹いてる、と姿見の方に目をやれば、それは止む。

彼女がうつらうつらし始めると、やっぱりまた吹く。

奇妙なことだ。ずっとそちらを見ている訳にもいかないし、誰かに見張りを頼んだ方がいいのだろうか。

けれど、誰に頼もう。

あんな押し売りみたいな会社にいたせいで、ほとんどの友達には嫌われてしまっている。

誰なら来てくれるだろう。

「……ハァ。……ハァ。……りこ、まりこ？　あのね、私今、すっごく寒くって……」

『もしもし、さっちゃん？　どうしたの？』

「……うしわけ、申し訳ないんだけど、ウチに来て、見張っててもらえない……？」

『えっ？　ちょっと、何？　今どこ？』

「もう商品買ってなんて、言わないから。お願い。……かがみ。鏡を。このままじゃ私、死んじゃうかも、知れない……」

※

ここからは、電話を受けた吉岡さんの話である。

彼女はマンション名を頼りに住所を探し出し、喜多さんの部屋まで駆け付けた。

「ピンポン鳴らしても出なくて……。でも電話をかけたら確かに、ドアの向こうで着信音がしてるから」

これは緊急事態だと判断し、管理会社の人間を呼んで、カギを開けてもらった。

「中で友達が倒れてるかも知れない、もしそうならすぐに救急車を呼びます、って」

ドアが開いた時、まるで冷蔵庫から流れ出たような冷気が外廊下に広がっていったのを、吉岡さんは覚えている——。

「――さっちゃん！　大丈夫⁉」

「喜多さん、いらっしゃいますか？　入りますよ？」

ほの暗い廊下の向こうで、キラキラと何かが光っている。

まるで、薄い氷のような。

「なにこれ……、痛ッ！」

違う。

これはガラスの、いや――鏡の破片だ。

「駄目だ危ない。あなたはここに居てください」

管理会社の社員は自前のスリッパを履き、中に入って行く。

それに合わせてパリ、パリと、氷を踏み割る時の音がする。

「いけない……、救急車を呼びます！」

リビングの中を覗くなり、社員は叫んだ。

喜多さんは姿見を引き倒し、全身に大小幾つもの破片を浴びた状態で、失神していた。

※

病院では重度の貧血と診断されたらしい。

幸いにして一日だけの入院で済んだが、割れた鏡の破片であちこちに切り傷が残った。

「もしかしたら、まりこが来てくれたのがわかって、ドアを開けようとしたのかも知れないんですけど――うまく立てなくて、ひっくり返ったのかなぁ……」

「かなぁ。でも一歩間違ったら大怪我だよ。危なかったんだから、ホントに」

「だよね……、ごめんね」

現在、喜多さんは吉岡さんの知人が店長を勤める衣料品店で、販売員をしている。

収入は減ったのだが、何故か逆に、暮らしは安定したそうだ。

生活スタイルが変わったのかも知れない。

「まりことも、またよく遊ぶようになって。全部この子のおかげだから、感謝してます」

「やめてよ、恥ずかしい」

ふたりは顔を見合わせ、笑った。

マンスリーマンションを退去する際、清掃代金を多めに請求されてしまったのは仕方のないことだろう。

しかし管理会社の者曰く、姿見は、備え付けの家具ではなかったという。

ならば、前の住人が持ち込んだ物だったのだろうか。

——残念ながら今となっては、調べようもない。

優勝

「なんか、あったんですよ。いつの間にか――」

物持ちが良い、と自称する後藤さんのことだ。自分のものには一通り、愛着がある。良く言えば確かにそうだ。彼の場合は、モノが捨てられないタイプとも言えた。

「口の悪い奴は汚部屋なんて言うけど、僕はどこに何があるかちゃんと把握していてですね」

だが、それはいつの間にかそこにあったのだという。

辛うじて分類されたコレクションのボードの横、壁に沿って引っ越したままの段ボールが堆《うずたか》く積み上げられている。

そこにひっそりと、古ぼけたトロフィーがあった。

「見覚えがないんですよ。いつからそこにあるのかもわからないんですけど、少なくとも引っ越しの後だから――半年かそこら」

上部の、本来であればゴルファーなりボウラーなりが飾られていそうなところが損壊しており、一体何のトロフィーなのかも判然としない。

刻印の類は剥がれていた。

名前を示すものもない。

触ったところの埃が剥がれてくっきりと指の跡が残る。半年などという年季の入り方ではないことは明らかだった。

これだけ壊れてまだ壊れ足りないのか、振るとカラカラと変な音がした。

友人・知人の悪戯《いたずら》でもない。

「誰も来てないですよ。確かにウチは散らかってますけど、身に覚えのないゴミを置く余裕はないですからね」

捨てようと思った彼だが、トロフィーなど捨てたことはないから捨て方がわからない。

大きさからすると粗大ゴミだ。有料で手続きも要る。しかしその方法を知らない。

大学でも相談した。

トロフィーを捨てたいんだけど、と言うと、先輩は驚いた。

「えっ、後藤君何かやってたんですか？　何のトロフィーです？」

彼にもわからなかった。

少なくとも、彼にはトロフィーをもらうような経験をしたことがない。

彼は、そのうち電ノコで刻んで燃えないゴミに出そうと考えた。


「でも家にあるうちに、妙に気になり出したんですよ。なんか、どっかでそういうことがあったような気がして……」

彼にはたったひとつ、優勝経験があった。

『ジジイ臭い』と言われるのが嫌で誰かに話したことはないのだが、篦鮒釣りの大会で優勝したのだ。小学生のときのことである。

百五十余枚。少年の部では堂々たる記録であったようだ。

しかしその大会では優勝トロフィーはなかった。

ならば自分の経験では断じてない。それでも何か、記憶の奥底に引っかかるものがある。

そこで彼は高校の同窓生らに聞いてみた。だが全く思い当たる節はないらしく、中学の同窓に聞いてはどうかと言われた。

「同窓会のための連絡手段があったの思い出して、中学の皆に聞いてみたんですよ」

すると、「壊れた古いトロフィー」について、何人かは反応があった。

中学時代、特に仲の良かった面子《めんつ》ではない。それでも彼らは何か思い当たるようだった。

『なんかあったたな。なんだっけ』

『あー、謎のトロフィー、謎のトロフィーってなんだっけ。なんか聞いた気がする』

『それな。なんだっけ』

結局、何なのかはわからなかった。

しかし友人らの反応からして、あるとすれば中学時代、何らかの形で縁があったものの可能性がある。

(可能性……？　僕自身がギョッとするようなものなのに……？)

普通に考えればそんなことはない。

ただ、黙って捨てることもできなくなってしまった。

暫くして、夢を見た。

白いランニング姿の男が、自分に古いトロフィーをくれるのだ。

後藤さんは喜んで、それを高々と挙げてクラスメイトを振り返る。

クラスメイトは拍手でそれを祝福するが、一人だけ、見知らぬ顔があった。

体は中学生。しかし顔は老人であった。


また、一つ思い出すところがあった。

箆鮒釣りの別の大会で、トロフィーが出るものがあったのだ。

だがその大会で、彼は惜しくも二位だった。

優勝は二歳ほど年上の中学生。この頃の二歳上など、まるで別の生き物のようで、彼は悔しいとも何とも思わなかった。

一方、その時優勝した中学生は、後藤さんのことを酷く敵視していたと記憶している。

名前も憶えていないし、トロフィーがどんなものだったか知りようもない。彼は二位だったのだ。

しかし——記念写真があったはずだ。

後藤さんは実家に電話した。

『珍しいわね、あんたがあの時の話蒸し返すなんて』

「なんで？」

『あのときあんた落ち込んでたのよ～。調子が悪かったなんて言って。写真なら見つけたけどどうするのかしら』

「うるせーな自慢するんだよ！」

送られてきた写真を見ると、小五の彼は確かに酷く不服そうな顔をしていた。

その隣、満面の笑みを浮かべた中学生が持つトロフィーは、写真にカビでも生えたのか、白く濁っていて視認できなかった。


「で、そんなこんなあって気持ち悪いなぁと思い始めたんですよ。でも捨てるのも気が引けて。それで、研究室に置くことにしたんですよ」

研究室には、誰のものかわからない私物が山ほど残されていた。

そこならば目立たず放置できるし、あわよくば卒業の際にうっかり忘れることもできると、彼はそう考えたわけだ。

彼は大学の研究室にさりげなくトロフィーを放置し、その日の夕方自転車で帰ろうとした。

「いつも遅くまでいるんですけどね。その日は何となく気が急いて、早く帰ってうまいもんでも食おうと思ったんですよ」

研究室のある棟から、自転車で構内を走っていた。

疎らな並木の間を、出口に向かってゆっくり自転車を漕ぐ。

「んで、たしか別の学部の、学部棟の前まで来たときですね」

彼の横を、猛スピードで何者かが走り抜けた。

白いランニングシャツの後姿だった。

知っている人物のような気がしたが、顔などとても見えないスピードであった。

次いで、頭上から奇声がした。

ふと見上げると五階の窓が開いている。開いているのはそこだけだ。反射的にそこだと思った。

『優っ勝〜だぁっ！！　そいつ〜だあ！！』

そう聞こえた。

男の、しかし上ずった甲高い声であった。実際のところ何と叫んだのかはっきりとはわからない。

それでも彼には、そう聞こえた。

思わず自転車を止める。

続いて、地響きのようなドンという低音が響いた。

辺りを見渡す。

周囲には学部生らしき数名がいて、五階の窓を見上げていた。

（今の音……何か落ちたんじゃないか）

後藤さんは、尚もキョロキョロと周囲を見回し、また五階の窓を見た。

すると、窓からポーンと何かが放り出された。

それはクルクルと回転し、こちらに飛んでくる。

（あ、危な……）

避ける間もなく、彼のすぐ横にそれは落下して壊れた。

それは古いトロフィーだった。

後藤さんはすぐに自転車でその場を立ち去った。

「実はあのとき、学部棟の五階で学生が暴れてたらしいんですよ。二浪だかして入ってきて、一留した学生で、どうもおかしくなったらしくって」

数日後、研究室に行くと彼の机に見慣れない箱が置いてあった。

「あー、それ、学生課の人が持ってきたよ」と言われ、中を見てギョッとした。

それは壊れたあのトロフィーだ。

どうして自分のだと思ったのか――と箱を調べると、中にはトロフィーのパーツと思しき、古い垂れ幕が入っていた。

こんなものはなかったはずだ――と彼は混乱した。

しかし垂れ幕の文字は、後藤直樹と、辛うじて読める。

「それとね、これはトロフィーは部品じゃあないと思うんですけど……」

黄色く変色した小さな骨が、沢山入っていた。

壊れた台座部分に入っていたのかも知れないが――。

「いやいやいや、標本ですよ。たぶん、五階で暴れた奴が、一緒に投げたに決まってます。

それが紛れたと。トロフィーとは関係ないです」

厭なこと言わないでくださいよ、と彼は憤慨する。

標本なら却って目立つ。トロフィーと同じ場所に落ちていたとしても、一緒にしたりはしないはずだ。

それにそのトロフィーがいつの間にか家にあると気付いたとき、振ったら中からカラカラと音がしたと、彼自身がそう言ったのだ。

「いやいや、それはそうなんですけど、だからってトロフィーに入ってたなんてことあるわけないでしょう。だってあれは」

詳しい人間が見たところ——それは霊長類の指の骨の可能性が高いと言われた。

骨は捨てたが、トロフィーは箱に詰められたまま、家にあるという。

深海

　数年前、浦賀氏が出張でH県を訪れた時の話だという。

「……まあ、うちの会社はしがない建材屋で、そんなに手広くやってる訳じゃないから。出張って云えば聞こえはいいけど、基本的には日帰り圏内なんだよね」

　その日の目的地は、車で片道二時間くらい。

　当然宿泊費などは出ない。

　が、丁度週末だったこともあり、慌てて帰るのも味気ない気がする。

　浦賀氏は奥さんに電話を入れてみることにした。

　今夜は遅くなりそうだ。ひょっとするとこのまま泊まって行くかもしれない――。

　すると「はいよ」とシンプルな返事をひとつ返され、すぐに電話を切られた。

　拍子抜けするところだが、考えてみれば別に不思議でもなかった。

「出先で妙な真似ができるほど、小遣いももらってないし。精々安い店で飲んで、カプセルホテルに泊まっておしまいだろうって相手もわかってんだなぁ。悔しいけど、実際そういうもんだよ、結婚三十年の夫婦なんてのは……」

ともあれ、ひと晩の自由を手に入れたことに違いはない。

色気のある店は無理でも、せめて酒と肴くらいは楽しみたい。

駅前のパーキングに車を停めて、浦賀氏はぶらぶらと、夜の街に繰り出した。


彼が選んだ店は、赤い提灯《ちょうちん》を出した小料理屋。

カウンターのみ十席程度の小さな店を、店主らしき板前と、和服姿のおかみさんが仕切っている。どちらも浦賀氏と同年配である。

常連客らしき男性達と同じものを頼み、適当に飲んでいるうちに――。

「失礼ですが、出張ですか？」

ひとつ空けて向こうに座っていた酔客が、話しかけてきた。

「あ、ええまあ。近場なんですがね」

「ああそれはそれは。お疲れ様です。この店はね、いい店なんですよ。本当は会員制にし

たっていいくらいなんだ。ね、大将。この造りだって、本当は五千円くらい取ったってい
いんだよね、ね、大将ね」
板前は手元から目を上げず、苦笑する。
おかみさんがくるりとこちらを向いて、困り顔で諌めた。
「ちょっと、やめてよ。すいませんお客さん、相手にしなくて結構ですからね」
「えっ何なに、じゃあ代わりにおかみさんがボクの相手を、してくれるんですか？　参っ
たなそれは、大将に殺されちゃうよ。ね、ボク殺されちゃうよね」
ウッシッシッシ、と嬉しそうな酔客。
しかしそんなやり取りが呼び水となって、浦賀氏は自然に、常連達とおかみさんとの会
話に入っていけた。

――小奇麗な店内だとは思ったが、開店からまだ五年と経っていないらしい。
元々は他県で修行していた店主が、地元出身のおかみさんと結婚して、ここに店を出し
たのだそうだ。
「……まあね、でもボクは、前の店も良かったよ。おかみさん、ドレスも似合うし、ね」

酔客がそう言った途端。一瞬。

店の中に細い亀裂のような緊張が走るのを、浦賀氏は感じた。

まあまあまあ、いい店だいい店だと、他の常連達がフォローするように言葉を被せて、その場を取り繕う。

浦賀氏がちらり、と上目づかいに盗み見たおかみさんの顔は、能面のよう。

彼は、何か表立って言うべきでない事情があるのを察した。

「しかしこっちのアラ炊きは、ちょっとさっぱりしてますね。何が違うんだろうね？」

「ああそれは、お酒でしょう。清酒の量がちがうんだよ」

「いや、清酒じゃない。この店は焼酎なんだ。ですよね大将？」

素知らぬフリで話題を変えてみると、皆ホッとした様子で、再び喋り始める。

特に珍しいことではない——人間も五十を過ぎれば、色々な目に遭っていて当然だ。

それでもこうやって自分達が良いと思う店をやれているのだから、この夫婦はしあわせ者の部類だと、浦賀氏は思った。

看板の時間が近づいたのか、客はひとり減りふたり減り、タクシーを呼んでもらったりふらふらと暖簾をくぐり抜けたりして帰ってゆく。

浦賀氏もそろそろ今夜の宿を探しに出ようと思い、勘定を済ませた。

おかみさんが丁寧に手を添えてお釣りを渡してくれる。

「どうもありがとうございました。また、いらして下さいね」

「ええ、来ます来ます。お店の場所を忘れるほどは飲んでないから、大丈夫。アッハッハ。

……おっとそうだ、帰る前に、お手洗いをお借りしてもいいですか？」

はい、どうぞあちらです、と突き当たりのドアを示された。

いい気分で手刀《てがたな》を切りながら奥へ進み、浦賀氏は、その扉を開ける。


――トイレの中ではバーテン姿の男が真っ黒な舌を突き出し、首を吊っていた。


「ギャッ……!?」

ドタドタッ、とゴミ箱や椅子をひっくり返して浦賀氏はのけ反る。

ハッ、とおかみさんと店主が息を呑み、こちらを見る。

「なっ、な……、くび……」

真っ青になって訴え、再びトイレを覗くと、既にそのバーテンの死体はなかった。

混乱する。

何だ今のは。

見間違いなどでは――。

「い、今そこに、男の人がッ……」

誰も返事をしない。

動かない。

店内はまるで、海の底のように静まり返っている。

※

結局、浦賀氏が再びその店を訪れることはなかった。

「あれの翌々年だったかな――前まで行ってみたんだけど、もう閉まっちゃってたね」

もし開いてたら、また寄ろうと思ったんだと彼は言い、寂しそうに首を振った。

堕酒

群馬県在住の四十代男性、松本氏から拝聴した、彼の友人Y氏の話である。

「幼馴染でお互いの家も近くて。小学校から高校まで一緒。部活も同じ野球部で。性格は全然違うんですけど、なんか妙に気が合って」

高校を卒業した後、松本氏は専門学校に進み、Y氏は地元の土木会社に就職した。

「進路は別々でしたが、時間が合えば、よく一緒に飯を食いに行ってました」


或る夜、松本氏が就寝しようとしていた折、携帯電話が鳴った。ディスプレイを見ると、Y氏からの着信である。寝室の壁に掛かった時計を見れば、時刻は深夜零時。携帯電話越しに聴こえるY氏の声は動転しており、話す内容も要領を得なかった。

「人を轢いたって言うんです」

当時、松本氏とY氏が住んでいたのは群馬県の片田舎であり、深夜ともなれば人通りは皆無である。Y氏に居場所を尋ねると車を飛ばせば十分程の距離の農道であった。

取り敢えず今から行くとY氏に告げ、松本氏は車を走らせた。

Y氏に聴いた場所に到着すると、周囲を田圃に挟まれた一本道の電柱の陰で、Y氏が蹲《うずくま》っている。近くにはY氏の愛車のセダンが停まっていた。Y氏は松本氏に気付くと駆け寄り、婆さんを轢いちまった、婆さんを轢いちまった——と、捲くし立てる。

「あんなに狼狽えたYを見たのは初めてでした」

半ば半狂乱で話すY氏の息は酒臭かった。聴けば取引先の接待の帰りだと言う。ひとまずY氏を落ち着かせ、車の周囲を探るが、Y氏が轢いたと訴える老女の姿は見当たらない。

「轢いて、すぐにブレーキを踏んだ」という話から車体の下も確認し、周囲の田圃も念入りに見るが、やはり人の姿など無い。

「お前、何かと見間違えたんじゃないかって言ったんですけど」

そんな訳無い、確かに俺は見た、白髪で赤いジャンパーを着ていた。背の低い婆さんだ——と、繰り返した。

「小一時間程、二人で周りを探したんですが」

結局、Y氏が轢いたという老婆は見つからなかった。警察に通報するか松本氏は悩んだが、親友であるY氏の飲酒運転が発覚するのが忍びなく「二度と酒を呑んで運転するな」とY氏を諭した後、Y氏の車を路上に駐車したまま自分の車でY氏を自宅に送り届け、その日は終わった。

それから数か月後、就寝中の松本氏の携帯電話にY氏からの着信があった。

「前回と同じような内容でした。でもその時は」

中年男性を撥ねたというものだった。取り敢えず警察に連絡しろとY氏に言ったが、来てくれ、頼むから来てくれよ——と、松本氏に懇願した。

取るものも取り敢えず車を飛ばし、Y氏の言う現場に向かった。

前回同様に、到着した松本氏がY氏と共に現場を探るが、Y氏が「轢いた」という中年男性の姿はやはり見つからない。そしてY氏は前回同様に、酒臭かった。

数年後、松本氏は専門学校を卒業し、就職のため地元を離れていた。

「同じ県内ではあったんで、Yとの付き合いは続いていました」

或る日の出勤前、新聞に目を通していた松本氏は、地方欄にY氏の名前を見つける。そこには「会社員飲酒運転で死亡事故」とあった。被害者は高齢の女性。

初犯ではあったが執行猶予は付かず、地裁で懲役4年程の実刑判決を受け、所謂交通刑務所に収監された。

「面会に行った時にYから聴いたんですが」

事故の現場は、数年前に深夜、松本氏が呼び出された農道。轢いたのは赤いジャンパーを着た背の低い白髪の老女だったという。

あの日俺が見たのは、なんか、予言みたいなもんだったのかなぁ――。Y氏はそう言って自嘲気味に笑い、涙を溢した。

やっちまったことはしょうがない。俺はちゃんと待っててやるから。更生して戻ってくるのを待ってるからな――。アクリル板越しにY氏にそう伝えた。気付けば松本氏も涙が止まらなくなっていた。

元々生真面目なY氏は収容期間満了前に仮釈放されただ、事故が切っ掛けで当時の妻子と離縁することとなり、酒浸りの生活へと転落した。

現在、Y氏は再び飲酒運転で死亡事故を起こし、服役中である。
被害者は中年の男性とのこと。事故現場は、やはり——。

正しくない顔

「あの当時の大人は——新聞やらテレビやら、いろんな取材受けてたけどね、僕らはほら、子供だったから」

その日、真賀さんの住む地方を大規模な土石流が襲った。

その僅か一時間半ほど前の出来事である。

「僕らは子供だったから、何も聞かれなかった。今にして思えば、そういう気の遣い方もあるだろうと、わかるけどね。でもなんだ、気持ちの整理の問題かな」

資料によれば、群発地震はあったのだという。

当時の真賀さんには一度も憶えがない。

昼食を済ませた真賀さんは、弟と外へ出ていた。

土曜の午後だった。

また学校で友人らと遊ぶため、待ち合わせをしていたのだ。

「だけど時間になっても誰も来ない。それで変だなと思って、行ってみることにしたんだ」


真賀さんと弟は、坂を延々と下りて行った。

集落の傍を流れる川に近づくと、川沿いに数件の家が、ぽつぽつとある。

その一番手前に、友人らの姿があった。

彼らはこちらに背を向けて、何かを仰ぎ見ている。

「何見てんだあいつら」

視線の先を追うも、せいぜい家々の屋根があるくらいで、何もない。

「兄ちゃん、何かある」

弟が、短くそう言った。

何かあるかと聞いたのか、何かがあると断言したのか——聞き返すより早く、真賀さんは彼らの背中に向かって駆け出していた。

まさにその背中に追い付かんというとき。
屋根の上に、パッと、〈誰か〉が現れた。
それは明後日の方向を向いて、こちらに対しては横向きである。
ピシッと伸びた背筋。
着物。立派そうな帯の、低い枕の位置。
――高齢の女性、老婆である。
しかしその老婆は頭の天辺から、足の先まで、殆ど真っ白であった。
わいわいと前方の友人らが指さし、騒いだ。
老婆は、屋根よりもやや高い位置に浮いていた。
更に、ゆっくりとであるが、回転している。
「幽霊だ」「妖怪だ」
子供たちは騒いだが――真賀さんは息を呑んだ。
顔、回転してこちら側を向いた老婆の顔が、あまりにも強烈だったからだ。
それは、人間の顔であるには違いない。
目も耳も、鼻も口もある。

ついている位置も、形も、大きさも間違ってはいない。

だが――それをしても、それは人間の顔ではないのだ。

頭部の大きさ、形、各部――どれをとっても間違っていない。ただどれも正しくない――

――そう感じた。


「例えるのも難しいんだけど、何かが違う。なんだろうなぁ。絵に描いて見せたいけど、絶対に描けない。当時は視力もかなり良くて、ばっちりと目に焼き付いてるけど、とても表現できない」


記憶だけで書いた似顔絵、そうしたものだろうか。

「似顔絵――そうだ、絵でいうと例えば、人間を知らない宇宙人か何かに、人間の顔の特徴だけをきっちり教え込んで、描かせたような」

ただどんなに見慣れぬ顔であっても、正しくないというのは言い過ぎなのではないか。

彼は「子供だったたから」と言いつつも、頭を振った。

「いや、変な顔とか、そういうのじゃなく……。死に顔ってあるだろ。生前の顔とは、やっぱ全然違う。生前と同じ顔でも、変とかじゃなく、全然違う」

真賀さんは、その老婆から目が離せなかった。

姿も異質であった。あの高さからどこかを見ているにしては真っすぐ過ぎる背筋。顔も、常に真正面に前を向いている。

人によく似た、人ではない何か。

それはそのままゆっくりと回転を続け、パッと消えた。

「おいっ！　また消えた！」

「今度はどこだ！」

友人らは真賀さん兄弟のことなど気にも留めず、きょろきょろと辺りを見渡し、叫んだ。

「あっちだ！」

指さしたのは川沿いの下方、別の家の方であった。

今消えた老婆が今度はその家の上に浮かび、回転している。

子供たちはまたその家に駆け寄り、老婆を眺めた。

老婆はまたゆっくり二度ほど回転し、パッと消えた。

「消えた！」「今度はどこだ！」

口々に騒いでいると、家の中から怪訝な顔をしながら農家のおじさんが顔を出した。

真賀さんらは事情を話したつもりだが、うまく説明できた自信はない。

「あほ抜かせ」

とそれだけ言っておじさんは引っ込んでしまった。

土石流発生まで、一時間ほどの時点であった。


「霊感とかそういうのは、それっきり縁がないし、今も信じてるわけじゃないけどねぇ。でも時々思うよ。ああいうとき、変な言い方だけど、ちょっと鼻が利けば、命が助かることもあるんじゃないかって」

彼らは、空飛ぶ老婆探しを続けたのだという。

次に見つけたのは、川のだいぶ下流のほうであったという。

しかし見つけたは良かったが、今度は川の反対側で、橋を渡るためにはかなり大回りをする必要がある。

「一人が『ペース上がってる』って言い出したんだけど、途中を誰も見てないから。何軒か飛ばしたのかもって言ったんだけど、そうしたら弟がさ」

「――途中の家は留守だった」

そう言った。

なんでわかるんだよ、と真賀さんは苛々して乱暴に聞いた。

彼は何となく「大人に知らせたほうがいい」と思い始めていたのだ。

なのに、先ほどの家では全く取り合ってもらえなかった。昼休憩のためか、辺りに話を聞いてくれそうな大人もいない。

逆撫でされた気分になった。

「そんなのなんでわかるんだよ」

再度聞いたが、弟は蒼白くなって小さく震えているばかりで、何も答えない。

怖いのだと思った。

彼も興奮が醒め、怖くなりつつある。大人に知らせたいと思ったのがその証左だ。

真賀さんは振り返った。

車がない家は留守だとわかる。洗濯物の出ていない家もあった。他にも雨戸が閉めたままだったり、確かに生活感に欠けるものの、留守とまではわからない。

老婆は消えたり現れたりしながら、何軒かを飛ばしつつ、川を降りて行った。偶然ではない。老婆は確かに、家の上に現れる。そして川に沿って移動している。

真賀さんは先ほどのことが引っ掛かり、弟に何度も食ってかかった。

「お前いい加減なこと言うなよ。留守かどうか確かめたのかよ」

弟は何も答えなかった。

そこで彼らは、学校へ行くつもりだったことを思い出し、学校へ向かった。

土石流発生まで、四十分ほどの時点であったという。

「最初は何があったのかわからなかったね。ただの地震だと思った。すぐ先生が来て、家には帰れないと。このまま学校にいろと言われて――」

避難生活のあと、数日ぶりに自宅のある集落に戻り、真賀さんは唖然とした。

川沿いにあった家が押しつぶされたり、跡形もなくなっていたのである。

「自分が今くらい大人だったらもっと絶望しただろうねえ。大変なことになった、とは思ったんだけど」

被害が大きかった家は、あの老婆が現れた家だった。

老婆が飛ばした家は奇跡的に大きな被害を免れたか、留守だったと聞かされた。

「それ聞いてさ、弟に言ったんだよ。お前よくわかったな。悪く言ってごめんなって。でも弟は全然覚えてなくってさ……」

まぁ、子供だったから、と真賀さんは、少し自嘲気味に笑った。

数年前、同窓会で再会したときも、誰もあの災害や、この話には一切触れなかったという。

「皆忘れたいのかもな。まあいずれにしろ、話すべきタイミングは、とっくの昔に過ぎてたわけだからねぇ」

土石流発生から、三十年以上が経過していた。

太鼓

　宇佐美さんが二十代の頃の話という。

「もう結構うろ覚えになってて、細かいところは忘れちゃったんですけど……」

　その日は休日で、彼女は車の助手席に友人を乗せ、どこかへ出かけていたらしい。買い物か、それとも映画鑑賞か。いずれにせよふたりで何かの用事を済ませ、帰途についたのは夕暮れ時。

「……確か、私じゃなくて矢野のほうが言い出したんだと思うんです。この近くに、例のトンネルがあるよねって――」

「――例のって、あのヤバいやつ？」

「そうそう。キューキュー、何だっけ。キューキュー……」

「旧旧●●トンネル」

「それそれ。ちょっと寄ってみない？」

「まじー？　肝試しってやつ？」

「それそれ。折角近くまで来てるし、ちょっと肝試さない？」

「まじー？」

ふたりの車は国道から逸れ、山あいに入ってゆく。

あっという間に対向車がなくなり、左右に生い茂る緑が日暮れを加速させる。

この先は行き止まりではないかというような、曲がりくねった狭い道を右へ左へと進み——やがて、目の前の山肌にぽっかりと、古いトンネルが姿を現す。

「うわぁ……」

すでに太陽は沈み、僅かな残光が黒々とした森の上辺を照らすばかり。

ヘッドライトの明かりすら呑み込む深い深いトンネルに、ふたりは言葉を失った。

永らく通る者もいない、打ち捨てられた黒い隧道《ずいどう》——。

宇佐美さんはシートに背中を預けたまま、ちらりと友人を見た。

「……どうしよう。思ったより、キモいね」

「確かに。肝が試されてる感ある」

「……無理じゃない？」

「うん、無理かも」

とても車から降りる気になれない。

そもそも女ふたりだけで山に入ったこと自体、心細い。

すぐそばには廃屋じみた建物もあり、到底長居したい場所ではなかった。

一応見るだけは見たんだし、もう帰ろうか、と言いかけた、その時。

「待って……」

矢野さんがハッとした様子で顔を上げ、トンネルを凝視した。

「なんか、太鼓の音がしてない？」

「……太鼓？」

宇佐美さんは首を傾げる。

耳をすましてみたが、特に何も聞こえない。

「わかんない。自分の心臓の音じゃないの？」

「……なんか、ヤベー気がしてきたかも。帰ろ。早く」

自分が来たいと言い出したにも拘らず、矢野さんは青褪めた唇を震わせた。

こちらを向いて、ギュッと宇佐美さんの腕を掴む。

その冷たい手も、震えている。

※

——それから数日後のことだという。

夜、自室でパソコンに向かっていると窓がガタガタ揺れた。

風が強い。

横殴りの風が、住宅街の上をびゅうびゅう吹き抜けてゆく。

いったいどこからこんな強い、鋭い風が吹いて来るのだろう。

なんだか不安だなと思っていた宇佐美さんだが、ふとその音の中に、聞きなれない妙なトーンが紛れていることに気づいた。

声である。

気味悪く掠れた、女の声。

「んん……？」

キーボードに置いた手を止め、窓に目をやる。

それは力なく、嘆くように、あああぁぁぁぁぁ――と遠くの方から聞こえてくる。

息継ぎもないまま異様に長々と尾を引いて、聞いているこちらの方が苦しくなって来た頃にようやく、ふっと止む。

ほっとしたのも束の間、ひとつふたつ強い風が吹いたかと思えば、その後ろでまた――啾々《しゅうしゅう》たる哀哭が始まっている。

宇佐美さんは「気のせいだ。きっといつもと風向きが違うからそんな音に聞こえるんだ」と自分に言い聞かせ、両耳をヘッドホンで塞いだ。


そして、その日の夜更け。

彼女はゾッとするような悪夢を見た。

――暗い暗い隧道の入り口に、白装束の老婆が立っている。

その着物は地面から這い出してきたかの如く泥だらけ。

縮れ、乱れ切った真っ白な蓬髪。

皺だらけの顔の中に落ちくぼむ目には、異様な執念が凝り固まった、鈍い光。

そして――片手持ちの太鼓をドン、ドン、ドンと叩きながら、まっすぐ前を向いて苦悶の表情で、呻吟するように、何ごとかを唸り上げている。

何を言っているのかはわからない。

少なくとも現代の日本語ではない。祝詞《のりと》か、念仏か。

あるいは老婆の狂った頭の中で紡がれた、長い長い恨み言か。

決して見てはいけない祭祀のような、独特のリズムと節回し。

宇佐美さんはその声と姿に震え上がり、逃げ出したいと思ったのだが、そもそも逃げる脚がなかった。夢の中にはただ彼女の視点だけが存在しており、移動すらできない。

いやだ、怖い、離れたい、と焦っているうちに――。

何故か段々、その老婆が詠ういくつかの単語の意味が、拾えるようになってきた。


曰く、子々孫々に至る迄。

曰く、この恨みが残り続けるように。

曰く、もがき、苦しみ続けるように。

——曰く、そこにいる、お前も。

「……ううあぁッ！」

ガバッ、とベッドで跳ね上がった時には、額にびっしり汗が滲んでいた。

酷い寒気がして、全身がぶるぶる震えている。

真っ暗な部屋の中に、太鼓の残響が消えてゆく——。

「い、いやだ、いやだいやだ……」

あのトンネルだ。

あんなところに行ったせいで。

宇佐美さんはしばらくの間、ひとり、布団の中で怯え続けた。

※

翌朝になってようやく、ただ怖い夢を見ただけかも知れないとも思えるようになったが、それで不安が解けた訳ではない。気分がすぐれないまま仕事に行って、ぼんやりと昼休みを過ごしていると、ケータイが鳴った。

矢野さんからである。

「……どうしたの？」

『……ごめんね急に。実は昨日、なんか嫌な夢見ちゃったもんだから……』

「えっ？」

聞けばそれは、宇佐美さんが見たのとそっくりな内容で、トンネルから響く太鼓の音に矢野さんがじっと耐え、「怖い怖い、怖い怖い怖い……」と震える、というものだった。

宇佐美さんは自分の腕に鳥肌が立ってゆくのを、呆然と眺めた。

「じゃあ、あなたもあのお婆さんを？」

『お婆さん……？』

「あの、白装束の」

『……えっ、なに？　わかんないこと言うのやめてよ、怖いんだから』

見ていないのか。

矢野さんの夢には、出てこなかったらしい。

しかしいずれにしても、異様な事態であることには違いない。

『とにかくもう一回、あのトンネルに行こう。……確かめよう』

「えぇっ？　う、嘘でしょ、何を確かめるの？　あたし嫌だよ、絶対……」

『あたしだって嫌だけど、このままって訳にもいかないじゃん。どうにかしなきゃ』

そもそも最初にあそこへ行こうと誘ったのも、矢野さんである。

世間で「近寄ってはいけない」と言われるような場所には、やはり何か、相応の理由があるのかも知れない。

宇佐美さんは、特に深く考えもせず誘いに乗ってしまった、己の迂闊さを悔やんだ。


結局その次の週末、ふたりは再び、件のトンネルを訪れることにした。

今度は日中、陽の明るいうちが良いという話になり、昼前の出発。

行ってどうするという算段がある訳ではなかったが、夜が来るたびあの白装束の老婆の姿が頭に浮かんでしまい、宇佐美さんは不眠になりつつあった。このまま放っておくと、そのうち本当に恐ろしいことが起きてしまいそうで、心が休まらない。

せめてトンネルの前で、手を合わせるくらいのことはした方がいいのかも知れない――。

ふたりは言葉少なく車を走らせ、山道へと差し掛かる。

しかし。

「……ねえ、どこから入るんだっけ」

「わかんない……。もうちょい先？　あれ？」

陽の高さが違うせいだろうか。前に通った筈の道がわからない。

峠を登りかけてはやめ、藪の中でUターンし、また登る。

ふと気が付くと、違う山の頂きを目指していたりもする。

一向に到着しない。

いや――そもそもあの時、すんなりと到着できたことの方が、不思議だったのか。

途中で何度も地図を見て、通りがかりの人に現在地を訊ね、ようやく目的のトンネルへと続く道を見つけた時、ふたりはそう思った。

普通に考えればあんな夕暮れ時に、迷いもせず来れる山道ではなかった。

やっぱり最初から、何かがおかしかったのだ。


「着いた――」

宇佐美さんはトンネルの前に車を停め、重いため息をつく。

延々と道を探し続けていたので、既に疲労困憊である。

矢野さんもグッタリと、口もきかずに前方を見詰めるばかり。

使われなくなって久しい、古い隧道。

入り口は雑草にまみれていて、陽光の下では荒廃した様子が際立って見える。

さて。

どうしよう。

心霊だの何だのといった知識は精々人並み程度しかなく、ましてや霊能者でもないふたりには、ここで何をするのが正解なのかまったくわからない。

兎にも角にも、まずは車から降りるべきだろう、と思った——その時である。


……ドン。

……ドン。ドン。

……ドン。ドン。

ふたりは顔を見合わせた。

気のせいではない。聞こえる。

彼女らが来るのを待ち構えていたかのように、どこかで誰かが、太鼓を打ち始めた。

鳥の声もしない静かな山に響き渡る、虚ろな鼓の音。

駄目だ。失敗した。来るべきじゃなかった。来てはいけなかった。

なんて馬鹿なんだろう。こんなところに自分から、二度も。まんまと。

目眩がする。もう、取り返しがつかない――。


「――駄目だよここは。通れないから。今すぐ引き返しなさい」

ギョッとして横を見ると、制服姿の警官が運転席を覗き込んでいる。

突然強引に夢から引き戻されたような気がして、宇佐美さんは呆然と警官を見上げた。

「大丈夫？　戻れるね？　あそこでUターンして、国道に。わかった？」

「……はい」

掠れ声でどうにか返事をし、車を発進させる。

ざあ、と強い風が吹いて森が揺れる。

国道に出て、しばらく経ってから矢野さんが、「あのお巡りさん、どうやってあそこまで行ったんだろう」と呟いた。

「原付も自転車も、なかったよね。歩いて行くような場所じゃないのに」

宇佐美さんも同じ疑問を抱いていたが、返事ができない。

ふたりは憑き物が落ちたような脱力感の中、町に帰った。

※

なるほど、そのお巡りさんというのはどんな人でしたか、何歳くらいですかと訊ねると宇佐美さんは首を傾げた。

「えっと……。あれ？　男の人で、……あれっ？」

結構前の話だから、記憶が、と困惑顔。

矢野に訊いてみます、と目の前で電話をしてくれたのだが――何故か先方が要領を得ない様子である。

やがて宇佐美さんは言葉少なになり、静かに通話を切った。

「……何これ。こんなことってあるのかな」

「どうしました？」

「なんか、矢野が……。自分じゃないって言うんです。その頃は丁度妊娠してたし、そんな危ないトンネルに行ったことなんかないって」

「……一緒に行ったのは、矢野さんなんですよね？」

「はい。だって……、えっ何これ、どうしよう。あたし今、凄く怖い」

宇佐美さんの頬に鳥肌が立ち、首筋はみるみる白くなってゆく。

口をつぐみ、こちらを凝視するその目の奥は、どこか虚ろである。


トンネルの入り口が封鎖され、心霊スポットとしての噂が下火になったのは、彼女らが太鼓の音を聞いてから更に数年後のことであったという。

怖い声

これも宇佐美さんの話である。

それまで霊感の類は一切なかったという彼女だが、前述のトンネルに行って以降、しばしば奇妙な体験をするようになってしまったらしい。

先の話から、数年後のこと。

「ある時、普通に自分の部屋で寝てたら、いきなりもの凄い声が聞こえたんです――」

〈――死んだッ‼〉

「ひあッ！」

心臓が縮み上がり、彼女はベッドの上で跳ねた。

耳鳴りが残るほどの大声である。

慌てて部屋の電気をつけたが、家族が入ってきた訳ではない。誰もいない。

女性の声だったので、母親かと思ったのだが。

「……やだもう、何……？」

恐ろしくなって布団をかぶり、その夜は電気をつけたまま寝た。


翌朝、リビングで飼い猫が亡くなっていたのを知り、宇佐美さんは慄然とした。

落ち込んだ様子の母に、「お母さん、昨日大きな声出した？」と訊いてみたが、心当たりはないようだった。愛猫の死に驚いて、大声を出してしまったのかと思ったのだが――

母が猫の死を知ったのも、夜が明けてからのことだったという。

ならばやはり、不気味な偶然ではあるが、あれは夢の声だったのかも知れない。

宇佐美さんはそう思い、自分を納得させようとした。

それから、数か月後。

夜。

〈――アヤカッ!!〉

「うわぁッ!」

ビシッ、と全身が打たれたように強張って、目が覚める。

突然もの凄い大声で名前を呼ばれ飛び起きた。

それは耳元で――いや、耳よりも更に近いところで爆発し、彼女の頭に響いていた。

「ひッ、ひい……」

ガタガタ身体を震わせながら、布団に潜り込む。

女の声だ。気のせいではない。

それまで夢を見ていた訳でもない。

まったく突然、出し抜けに。

――以降、およそ数か月に一度のペースで、彼女は真夜中に怒鳴られ、叩き起こされた。

〈――アヤカッ!!〉

〈――アヤカッ!!〉

〈――アヤカッ!!〉

「ひいいッ!」

その瞬間には必ず、悲鳴を上げてしまう。

何度怒鳴られてもまったく慣れない。

むしろそろそろ今夜あたり、名前を呼ばれるのではないかと考えて眠りが浅くなる。

すると案の定、来る。

〈――アヤカッ!!〉

「いやあッ! ……うっうっ、やだ、もうやめて。やめてください、お願い……」

しくしくとベッドの上で泣いても、恐怖は収まらない。

およそ敵意しか感じず、たまったものではない。

これは心霊現象なのか。

だとしたら一体、自分が何をしたというのか。

トンネルの件はもう、終わった話なのでは——？

※

そんな中での、ある夜更け。

「…………」

宇佐美さんはふと、真っ暗な部屋で目を覚ます。

カーテンのない黒々とした窓に向かい、ベッドから身を乗り出している。

何だかよく見えないなと思いながら、必死に目を細めている。

「……？」

自分は何を見ているのか。

いつから見ているのか。

あれっ……。

窓の外にあるのは、あれは何だろう……。

人の頭だ。後頭部。

濡れた長い髪が、遠くの街頭に照らされて光っている。

毛量が少ないせいで頭頂部の地肌が透けて見える。

――誰。

ここは三階。

あの下は、庭だ。


「うわッ……」

ゾッとして、一瞬で意識が醒めた。

凄まじい寒気を感じながらも素早く腕を伸ばし、部屋の電気をつける。

視界が白く弾けて思わず目を閉じ、再び恐る恐る開けた時には――窓の外には、夜景しかなかった。

※

姿を見たのは後にも先にもその一度きりだと、宇佐美さんは言う。

しかし今でも数年に一度は、大声で名前を呼ばれる。

「……何なんでしょうね。やっぱり、あのトンネルに関係してるんでしょうか?」

さあ、わからない……、としか答えようがないが。

彼女は今年、アメリカに渡って新しい生活を始めることになっている。

向こうへ行っても尚それが起きるようなら、何らかの対策が必要かも知れない。

渡米を機に、不吉なものとは縁が切れることを祈るばかりだ。

虐呪

本項に記す話は、全て詳《つまび》らかに書いて構わないと話者からの承諾を得ている。しかしながら、かなりの箇所を独断により伏せさせて頂いている。不遜を承知でお読み戴きたい。

二十代後半の女性から拝聴した話である。

彼女の両親は小学校低学年の頃に離婚し、以降は母との二人暮らしであった。彼女が高校を卒業し、運送会社に就職するまで、その家庭は経済的にも相当に苦しかった。生活保護に頼らざるを得なかった時期もあったと、最近になって母から聞かされた。

貧しさ故に、衣服が満足に買い与えられることもなかった。成長期にある彼女としては、自身の衣類が増えることよりも、夕食のテーブルに並ぶおかずが一品増えることの方が余程嬉しかったという。

それでも同級生達は一見して貧しい身なりの彼女を許さなかった。薄汚れて襟がくたびれたトレーナーを着回す彼女を露骨に軽蔑し、揶揄し、嘲笑した。元々内向的な性格であった彼女が周囲から孤立するのに然程時間は掛からなかった。

話し掛けても無視をされる。上履きを隠される。机の中の教科書を捨てられる。ある朝登校すると、自分の机が油性マジックで書かれた落書きで真っ黒になっている。休み時間にクラスの全員に囲まれ「貧乏人」「人の金で飯食ってんじゃねぇよ」「早く死ね」などと、クラスの一人ひとりに罵声を浴びせられたことがあった。

この時彼女は、〈あぁ、ここは自分が居ていい場所ではないのだ〉と悟ったという。以降、彼女は集団の中で、自分の存在を徹底して消すことに努めた。

「子どもって、ほら、小さい虫とか蛙とか、簡単に殺すでしょ」

きっと、彼らにとっては、虫も蛙も私も一緒だったんだと思います――と、彼女。

教室では何も喋らない。

休み時間や昼休みはトイレで過ごし、可能な限り目立たないことに徹した。

そうした行動は彼女の思惑とは反し、周囲の感情を逆撫でしたのか、彼女への苛めは、日を追うごとに更に陰湿なものになっていった。

それで私、決めたんです。呪うことに――。

以後、彼女は〈呪い〉に関する情報や知識、その方法について貪るように集め始めた。その一つひとつを実行し、効果があると思われる十数種類の方法を掛け合わせて独自の〈呪い方〉を確立する。

その方法について彼女はこと細かく話してくれた。しかしながら、その方法には私自身、容認し難い過程が含まれるものもあるため、詳細は伏せたい。長らく怪異譚を蒐集している私でも、これまでに聞いたことがない手法、とだけ書くに留まらせて欲しい。

いずれにせよ、その後の人生において、彼女が呪った相手は全員が何らかの不幸に見舞われている。

小学生当時、彼女を苛めていたリーダー格の女の子は、校庭の遊具で遊んでいる際に強打した右眼が破裂し、失明した。

土下座する彼女の頭に花瓶の水を掛けた中学校の先輩は、下校時に左折するトラックに巻き込まれ、片脚が千切れた。

通信制の高校で知り合った五つ年上の男性は彼女と交際関係になったが、程無くして女子中学生と二重交際をしていることが判った。男性、女子中学生とも同時期に不慮の事故で、両手の指を数本、欠損している。

高校卒業後に就職した運送会社で彼女の上司となった男性は、幾つかの自身が行っている社内での経理上の不正を彼女に被せた。彼は家族での旅行先で宿泊したホテルから失踪し、現在でも行方が知れない。

彼女は抑揚のない乾いた声で、その後も幾つかの事例を淡々と私に話す。

「私ね、楽しくて仕方がないんです」

私を見下していた奴らが不幸になるのを見るのが、本当に楽しくて、愉快で——そう話す彼女の顔に、表情はやはり無い。

原田さんは知ってるでしょ。呪いって、やっぱり自分に返ってくるんですよ。

それまで話を聴く一方だった私は急に話を振られ、身体が強張った。

彼女は一般的には考えられない状況下での事故により、両膝から下がない。

複数の内疾患を抱えているため筋肉が落ち、最早自力ではスプーンすら持てなくなっているという。

――仕事の関係で足を運んだ、とある病院の一室で、ベッドに横たわる女性から聴いた話である。

蟲

「あいつと会ったなァ高校にアガったばっかんときで」

クラスが同じだった。

入学式では気付かなかった。教室に入って、席が斜め前になっても暫くは気が付かないほど、目立たず、大人しい生徒であった。

名を眞島と言った。

鰐淵さんは「土の上のでっかい石ころ退けたら、下に居そうなタイプ」と彼を評する。

最初酷い罵倒に聞こえたが、そうではない。

表面の手触りと中身は違う。そういうことは往々にしてあるものだ。

厳つい名前で、教室の席はいつも一番後ろ。

鰐淵さんの属性は、不良と決められていた。彼も周囲の期待に靡くように、不良として振舞うようになっていた。

「高校でもそうなる……ってなァ、誰から言われる前に、俺ァ自分でそう思ってたし」

一学期も終わる頃にはすっかり不良も板についてきた。

ある放課後、帰るでもなく取り巻き連中と共にその辺をうろついていた鰐淵さんの目に、眞島が留まった。

眞島は、校庭の隅っこの花壇のところに蹲って、何かをしていた。

「俺ァ別によ、何かしようってんじゃなかったのよ。でも眞島って奴ぁ、そういうの引き寄せちまうタイプなんだよ……わかるだろ？」

嗜虐心を煽るタイプと言いたいのだろう。

眞島はバケツを傍らに花壇に座り込み、何やら土いじりをしていた。

「連れがイキリ立ってよ、因縁付けるみてえな真似始めて、そんなのはしょっちゅうだったが、ちぃと目に余ったんだそん時ゃ」

鰐淵さんは「止せよオメーら」と取り巻きを鎮めた。

「アイツときたらバケツ抱えたまんま、逃げるでもねえ。どー考えたって悪ィのは俺らだ。

さすがに詫びるってワケじゃねえが、アイツの話を聞いてやったんだよ。したら──」

眞島は、「墓に埋めてるんです」と答えて、バケツの中身を見せた。

バケツの中には、甲虫が五、六匹蠢いていた。

「墓だァ？　ふざけんな、こいつらまだ生きてンだろうが」

「まだ生きてるんですが、もうすぐ死ぬんです。飼っててわかるんです」

眞島は薄く笑っていた。

この言葉で、けしかけたはずの取り巻き連中が怯んだのがわかった。

コイツは虫の医者か？　虫と話でもできるのか？

もし本当にもうすぐ死ぬとして、殺す必要あるのか？

色々な思いが交差しつつも、出た言葉はシンプルだった。

「んなこと聞いちゃいねえ。まだ生きてるっつってんだろうがよ」

暫く黙っていた眞島だったが、やがて急に表情を変え、堰を切ったように説明を始めた。

ゴミムシというこの虫はオサムシの仲間で獰猛な肉食、地中でも生きられること。日陰を好み花壇から出ることはなく、ここで余生を過ごすであろうこと。

高名な漫画家の筆名になったといい、これにあやかってオサム二十一号、二十二号……と名付けていた。

「——ヤベエ奴だ——ってなったのよ。俺の周りにゃ居なかった奴だ。いや、うるせえ奴や何かにやたら詳しい奴はいたよ。でも、眞島はそういうんじゃやねえ」

眞島は、誰にも説明していなかったのだ。

そこにいた鰐淵さんやその取り巻きではなく、無に対して説明していた。話している間、眞島も眞島ではない別の誰かのようであった。

テレビ、ラジオ、テープレコーダ……そうしたものとも違う。

「洞穴。そうだな、洞穴だと思った」

ともかく、取り巻きの間でも「コイツに関わるのはやめておこう」という空気が形成された。

一方で、眞島のほうはそうではなかった。

以来、何かにつけて鰐淵さんら、特に鰐淵さんに絡んでくるようになったのである。

ある帰り道、いつものように鰐淵さんとその取り巻きがぶらぶらしていると、いつの間にか眞島が混じっていた。

「……面白いもの、見たいですか？」

「お、おう。なんだよ、面白いものって……」

眞島がスッと胸を張ると、少し離れた草むらからバッタが飛んできた。

そのバッタが、眞島のところまで飛んできてぐるぐると回っている。

「おお、なんだ、こいつ虫博士のペットかよ。仲良くしな」

鰐淵さんらは素知らぬ顔で歩き出したが、眞島もバッタもついてくる。

振り返るとバッタの数が随分と増えていた。

——お前……。唖然とするあまり、声に出ていたかどうかも怪しい。

見る間に、草むらから次々とバッタが飛び出し、眞島のところへ来る。

鳥肌が立つほどの数になり、しかもバッタたちは、決して眞島の腰よりも高いところを飛ばない。地面に近い、低い位置でぐるぐると回り続けた。

「お、おお……スゲエな。お前ら行くぞ」

鰐淵さんは逃げようとしたが、取り巻き達は食い入るようにそれを見て歓声を上げていた。

　やがて、バッタのうち何匹かが、力尽きたように落ちて動かなくなった。

　ボトリ、ボトリと落ちてゆくバッタを見て、眞島は言った。

「こいつらはね、長い時間飛べるようにはできてないんですよ。虫の翅は鳥の羽の構造とは異なり、脚の変化したもので――」


　暫くした頃。

　鰐淵さんは放課後に一人きりになることが多くなった。本来、彼は一人でいるほうが気楽である。

　しかしある時「最近不良が生物室に出入りして眞島を苛めている」という噂を耳にして、彼は生物室を訪れた。

「これが蛾の幼虫です……。これは蛹……あっ、でもこれは抜け殻です……。標本ですし」

「本物はねえのかよぉ。オレぁ本物が見てえよぉ」

「眞島ァ、これって糸吐くやつ？」

「あっ、鰐淵さん！　こっち来て見てくださいよぉ！」

――すっかり馴染んでいた。

いまや野球の話よりバイクの話より、虫の話のほうがウケる。

「羨ましかったわけじゃねえが、ちょっと遠くの山まで虫捕りに出るとかなんとか。まぁ、なんかアイツらも生き生きしてるし、眞島も楽しそうだし、イイんじゃねーかってことで」

不良の真似事も喧嘩も、実のところ彼は好きではなかった。

しかし高校二年の夏、そうもいかなくなった。

「隣の高校？　隣でもねえか――遠くの高校だよ。そこのヤマ張ってるとかいう奴が来てよ、ナシ付けようぜってんだよ」

鰐淵さんの噂はだいぶ尾ひれがついて、遠くにも聞こえていたのだ。

「なんでも、俺のせいでそいつの舎弟が病院送りになったんだとか。俺はそれを揉み消すために、チームを解散してとんずら決めて、挙句地元の組に入るんだとか。笑うぜ。その頃俺ぁ図書館通いよ。そりゃ不良やめたワケじゃねえけど、元々始めたワケでもねえ」

彼にしてみれば、亡霊のようなものだ。その亡霊が、どこかで誰かに無礼を働いたとしても彼の知るところではない。彼のそういう態度は、どうも「シラを切っている」「鼻にもかけねぇ」と映ったようであった。

だがふと――、一抹の不安があった。

「迷ったが、奴らとのタイマンだかなんだか、受けることにしたんだよ。潔く負けてよ、ボコボコにされて、それで昔の自分、勝手にできた武勇伝とおさらばするのも悪くない。いや違うな、俺ぁちょっと嫌な予感がしたんだよ」

もしかしたら自分の知らないところで、かつての取り巻き連中が何かをやらかした可能性も、ゼロではない。

はっきりと鰐淵さんがそう言葉にしたわけではなかったが、おそらく彼の危惧とはそこだ。

「やつらの高校の近くの山ン中に、展望台があってな。そこでまぁ、なんだ、普通に殴り合いだよ。一対一。俺ぁ一人で行ってボコられてくるつもりだったんだがよ」

「電車で行くんすか」と、かつての取り巻きが戻ってきた。

どこからかバイクを調達してきたのである。

免許はない。だが、運転はお手の物だった。

ありがとうよ、とバイクに跨りつつも、彼らを連れてゆくつもりはなかった。

夜九時過ぎ、鰐淵さんが決闘場へ向かってバイクを走らせていると、後ろに二台、三台とバイクが連なった。

（あいつら何だよ――勝手にしやがれ）

展望台に着くと、既に相手のチームのバイクが勢ぞろいしていた。

バイクを降りてそちらへ行こうとした彼は、一瞬足を止めた。

後ろからついてきた連れのバイク――その後ろに、眞島がいたからだ。

（――なんでアイツがこんなところに）

眞島は、ここへ来る役者ではない。

すぐに決闘が始まった。

無抵抗にやられるつもりだった鰐淵さんだったが、相手が木刀を持っていたので怯んだ。

（あれで殴られるのは痛ぇだろうな――）

体が自然に避けてしまい、相手の背中が見えるとつい蹴ってしまっていた。

暗かったせいだろう。蹴りは思ったより深く、そして急所に入っていた。

相手の、名前も知らないその不良は地面に転がって、何かを吐きながら「テメェ」「殺す」

などと罵ってきた。

「コイツ、スパイク履いてやがるぞ」

そんなことはなかったが、それを切っ掛けに相手の不良たちが一斉に襲い掛かってきた。

「まぁ、さすがにそうなると逃げるしかねえよな。バイクに乗ってよ、飛ばしたわ。『追え！』『殺せ！』とか、叫んでたが、殺されるんじゃ話が違う」

追ってくるバイクも集団であった。

土地勘もなく、街まで逃げ切れるはずもない。僅かな可能性にかけて、彼は街とは逆の方向に逃げた。

相手方のバイクは、数こそ多いがほとんどはスクーターである。

機転が功を奏したのか、追ってくるバイクはいつの間にか減っていた。

県境を越えたかどうか——はっきりとはわからなかったが、その頃には追ってくるバイクは一台のみになっていた。

スポーツタイプ、それも見た目だけの五十CCではない。馬力がある。

（逃げ切れねぇか――。だが一人だけなら、ここらで止めて最初の予定通り――）

観念しつつ、車体を右に傾けてゆるいカーブを曲がっていたときだ。

路面の異変に気付いた。

カエルである。

道路に、無数のカエルがいた。

カエルは、跳ねるでもなく集団でその場に止まっていた。

あぶねえ――、そう思ったが、彼のバイクは、一匹たりともカエルを潰すことなくカーブを曲がり切った。

バックミラーの、後続のヘッドライトが突然ハネた。

追ってきたバイクは、カエルにタイヤを取られたようだった。

カーブを滑り、そのままガードレールに激突した。

鰐淵さんは後輪を滑らせて回転させ、止まった。

跳ね飛ばされたカエルを避けながら近づくと、生き残ったカエルたちは急に一斉に動き出し、土手の雑木林に消えていった。

空転するタイヤ、点灯したままのヘッドライト――路傍に倒れた不良と立ち尽くす不良。

残ったのはそれだけだった。

「おい、お前ェ、大丈夫かよ」

名前も知らなった。

こうして傍らに立って、倒れている顔を見下ろしても、未だ知人であるという気はしない。顔より、学ランの下の真っ赤なシャツで先ほど木刀で決闘したアイツであると認識が立つ。

どうしたものか――と、しばらく手をこまねいていた。

突然、山側の草むらが動いて、誰かが顔を出した。

眞島であった。

なぜこんなところにいるのか尋ねると、眞島は更に山の上の方を指さした。

見上げると、木々の向こうにバイクのヘッドライトが見えた。どうやら山中に側道があったようだ。

「……ここらは虫取りに皆でよく来てて、その、ちょっとした近道にも、詳しいんです」

なるほどな、と鰐淵さんは少し笑った。天然記念物のなんとかという虫がいると聞いたことがある。確かに、ここらで昆虫採集するならばまずこの山なのだろう。

ゴフォッ、と噎せ返る音がした。足元で、あの少年が苦しそうに悶絶していた。

驚いたことに、眞島は音もなくこちらに近づいてきた。

「おい、眞島。上に行って応援を――」

眞島は何も答えなかった。

「――応援を――ってわかんねぇか？　誰か呼んでこい。救急」

「シッ」

眞島は唇に指を立てて、ピシャリと言った。

「応援なら来ます」

――ボトボトッ……しゅるしゅる、と、何かが降ってくる音に続いて耳慣れない音がした。

衣擦れ、鞭、いや、もっと水っぽい……蛇だ。

路面を、数匹の蛇がこちらへ向けて這っていた。

「眞島――？」

蛇たちは、眞島の横を抜けて迫ってきた。

そのうち二匹の蛇が、倒れている不良のところへ至った。

そしてそのまま、一匹が不良の首へ這い、一匹が頭から不良の口へと入った。

「グゴッ、ムグッ、グ」

鰐淵さんは慌てて蛇を掴んだ。

「おい、眞島！　どういうことだ！　こいつら――」

「無理です、そんなことをしても。鰐淵君」

「ンンーーーッ！」

不良が声にならない声を上げ、鼻で必死に呼吸する。

鰐淵さんの手の中で、蛇腹は器用に膨らんだりうねったたして、その躰を滑らせてゆく。

不良は、自らの喉を掻きむしり始めた。

「眞島ァ！！　やめさせろ！！」

蛇は鰐淵さんの手を離れ、口の中へと姿を消した。

ブチブチブチと背後で音がした。

振り返ると、バイクの空転する車輪に蛇が巻き込まれていた。

やがて、不良の口からするするると蛇が出、鰐淵さんの前を通って、草の間に消えていった。

誰がどうやって救急車を呼んだかわからないという。

鰐淵さんは茫然としており、上から駆け付けた彼の取り巻きによって逃げおおせていた。

「下のほうじゃ、追いかけてきた奴ら同士で事故ってってな。下のほうでもカエルを踏んで事故ったって……そりゃま、よくあることだが――」

その連中のリーダーは深刻な状態であった。

「結局、俺を奴らのヘッドは、木の上から落ちてきた蛇を巻き込んでコケたってことになった。そいつは悪運の強え野郎で、派手にこけた割に大した怪我もなかったが、どうも神経が壊死したとかで、動けなくなって、口も利けなくなっちまったらしくてな」

口に入った蛇のせいだと思う、と鰐淵さんは言った。

わからねえが体の中から直接噛んで、神経を破壊できる場所があるんじゃねえか、とも。

蛇はその毒性の複雑さ――神経毒のみならず咬傷周辺の出血毒に特徴がある。その種類がわかれば処置は可能である。しかし噛み跡が見つからず、噛まれたことを誰も知らなければ、処置は難しくなるだろう。

通常、そんな狡猾な蛇はいない。それだけのことである。

「オソロシイのは眞島の野郎だよ。あいつが一体どこまで仕組んでやがったのか」

上手くいったように見えるのは、いくつもの偶然が、あまりにも都合よく重なったように見えるのだが――。

「そいつもちょっと違うんじゃねえかって思うね。たとえどう転んでいようとも、アイツならそれなりに上手くやりやがったんじゃないかって。仮に奴らのヘッドが一人にならなかったとしても、警察の見立て通り、上から狙って蛇落とすくらい造作もなかったんじゃないか。あの時いたカエルだってそうだ。ほんとは俺を転ばすつもりだったのかもわからねえ」

その眞島であるが。

事件後、眞島は幾分か社交的になっていったようである。

「あいつに限ったことじゃねえ。眞島と付き合ってた俺の元取り巻き連中も、成績も上がって大人しくなって――理系の大学に行くなんていうんだから笑ったよ。そりゃ悪い話じゃねえ、応援してやったがね。だが当の眞島は」

眞島は、浪人口に行方不明になったのだという。

「聞いたこともねえ遠くの山だな。そこに財布から服から、下着や靴下まで、綺麗に揃えて置いてあったんだとよ。中身の方は、行方知れずよ」
アイツらしいっちゃアイツらしい。
――そうは思わねェか？　と鰐淵さんは少し笑った。

おとろし

木島氏が刑務所に服役していた頃、同房者から聞いた話だという。

「そいつはもう結構な爺さんでね……、まあ、どうしようもない累犯の盗っ人なんだけど」

日雇いの仕事をしたりしなかったり、どこかに定住したりしなかったり。

風が吹いた方へと流れて行くような、その日暮らしを重ねてきた男だった。

「歯なんか全然なくってね。食い物はこぼすし仕事はサボるしで、だらしがないから房内でもいじめられてたなぁ」

木島氏は、彼を相手にしなかった。

そんな老人のことはどうでもよかったからだが、逆にそれが、相手にとっては接しやすく感じられたらしい。

「俺にちょこちょこと話しかけて来ては、昔話なんかをするんだよ。こっちは聞いちゃいないから相槌も打たないのに、ひとりで喋って、ひとりでクスクス笑ったりなんかして」黙れと言うのも面倒だったので、好きなように喋らせておいたところ――。

その中に、今思い返せばひとつだけ、妙に印象に残る話があった。

ここではその老人の名を、秋山としよう。

今から四十年以上も前。彼が二十代の頃のことである。

当時彼は某県の農協で臨時に雇われ、倉庫内の作業などをしていたそうだが、例によって半年と経たぬうちに嫌気が差し、ある日ふっつり仕事を辞めた。

その時住んでいたのは社員寮だったので、月末を待たずして部屋から追い出された。

元々なかった手持ちの金は三日で尽きた。

以後、秋山は近隣の農家で野菜を盗んで食い、そのまま納屋で寝たり、無人駅の駅舎に泊まったりという生活を送り始める。

都会ならそのままホームレスとして暮らせたかも知れないが、何ぶん山に囲まれた田舎だったため、彼は目立った。

——農協で働いていた秋山が、野菜泥棒になった。

あっちこっちの納屋に勝手に泊まって、物を盗んでいる。

このまま放っておくと、何をするかわからない。

早く追い出さなければ——。

そんな村の空気は、当の秋山もすぐに察したようだ。

時折すれ違う村人は、露骨にシッシと手を振るならまだマシな方で、慌てて駐在を呼ぼうとする者もあったし、傷んだ南瓜を投げつけられたこともあった。

こんな糞田舎はこっちから願い下げだと思い、村を出て行こうと決めた日の夜——彼は最後に行きがけの駄賃のつもりで、強盗を働いた。

ひとり暮らしの老人の家に行き、どこかの納屋で盗んだ鎌を見せ、有り金を全部出させてから悠々とその場を去った。

すると、あっという間に追手がかかった。

※

「峠は全部ふさいだけん、もう逃げられんわ」

「秋山のアホウめ、とうとうやりおって。痛い目見せたる……」

「おい、ワシはやっぱり鉄砲取りに帰るからな！　その辺で待っといてくれ！」

……冗談じゃない、と秋山は震えた。

物陰から聞く村人達の声は殺気立っており、捕まれば無事に済みそうにない。

腕の一本二本では収まらないかも知れない。

ああ、どうせ強盗をするなら昼間にしておけば良かった。

こんな夜中ではバスもないし、汽車もない。村から出られない。

少し考えればわかることなのに。

つくづく、己の馬鹿さ加減が嫌になる。

「畜生……」

バリバリバリッ、と頭を掻いてから秋山は藪に潜り、出鱈目に歩き出す。

が、マムシが怖いので長時間は草むらに居られない。

どこか適当なところで、再び道に出なければ――。

「う～ん？　……あ、そうだッ」

三十分後。
彼がこっそり顔を覗かせたのは、神社の境内。
村に三つある神社のうち、一番小さな水神社である。
常夜灯は数えるほどしかなく、ほとんど真っ暗だ。丁度いい。
秋山は本殿の横の、神輿《みこし》を収めた倉庫に目をつけた。
あそこなら隠れても見つかるまい。
もし誰かが探しに来たとしても、境内の裏は森なのですぐに逃げ込める。
「へへっ……」
安全だと思うと途端に気が大きくなって、彼は悠然と煙草に火をつけた。
マッチを足元に投げ捨ててから倉庫へ歩き出す。
途中、ついでに小便もしておこうと、本殿の壁に向かってチャックを下ろした。
——お祭りの時も、余所者《よそもの》だからと集会所へ上げてもらえなかった恨みがある。
こんな神社、糞くらえ——。
秋山は本殿の板壁に、長々と小便を打ちかけた。

木枠のガラス窓にカギはかかっておらず、秋山は易々《やすやす》と倉庫に侵入する。

四畳半ほどの内部は鼻をつままれてもわからない暗さだったが、しばらくじっと目を凝らしているうちに、仄かに神輿に貼られた金箔が見えてきた。

そろそろと手を伸ばし、神輿が置かれた台座を確認する。

この横になら座れそうだ。

よしよし。

「あー……、よっこらしょっと」

壁にもたれながら、秋山が腰を下ろした瞬間。

神輿に、ギョロッ、とふたつの巨大な目が開いた。

「……ッ!?」


訳がわからない。

あまりにも驚いたのでギュッと喉が詰まり、声も出ない。

暗闇の中、一対の目玉は爛々《らんらん》と光って彼を見下ろしている。

そしてふいにメリメリメリッ、と木の軋む音がして、何か恐ろしいほどの重量物が、彼の両脚の上に圧し掛かった。

それは神輿ではなく、巨大な顔面――〈般若〉である。

「うぅげえぇぇッ!!」

道端で踏みつけられた牛蛙のように、秋山は鳴いた。

※

「――でそのまま、朝まで身動きが取れなかったんだそうだ。ひと晩中、助けてくれぇ、助けてくれぇって泣いてたんだと」

村人達は運悪く峠の封鎖の方に回っており、彼が発見されたのは翌日の昼を過ぎてからだった。

「結局は村の人達に助けてもらって、そのまま逮捕された訳だけど……。勿論、そいつの上に乗ってたのはお神輿だよ。普通のお神輿」

だが、秋山にはずっと最後の最後まで、大きな顔に見えていたらしい。

恐怖のあまり泡を吹いて泣き叫ぶ彼の姿に、村人達はいささか、困惑したに違いない。

「……本人にとっちゃ、そりゃあ怖かったらしい。なんせ陽が上っていくにつれて、段々ハッキリ見えてきたって言うからな――バレーボールくらいある血走った目玉や、牛でも食えそうなデッカイ口が……」

ずっと最後まで、村人らの手によって持ち上げられ、引きはがされた後も。

彼を、殺意の籠った目で睨み続けていたのだという。

寝物語・冬

「私、元々寝付けない子供で。田舎のお婆ちゃん家《ち》じゃ尚更――」

見慣れぬ高い高い屋根裏の暗闇を見つめる。闇が見返してくるようで、幼い彼女は益々眠れなかった。

那奈さんが休みの間預けられていた祖父母の家でのことだ。

床に就いて目を閉じるまで、目に入るあらゆるものが新鮮だった。

部屋に天井がないこともその一つだ。屋根の下の小屋組が露出した、伝統的な土間の構造である。

天井のある部屋は仏間であり、そこで寝るのは厭だったのだという。

「でも寝れない間、お婆ちゃんがお話してくれたんですよ。それが凄く好きで」

典型的な昔話が多かった。既に那奈さんの知る話もあったが、気にはならなかった。

穏やかでおっとりした語り口調も相まって、寝つきの悪い彼女も誘われるように眠った。
「だいたいいつもね、話の途中で寝ちゃうんで……。オチがわからない話ばっかりなんですよ」

ある夏休みのことだった。
祖母も心得たもので、彼女が眠くなる語り方を掌握していた。

「三年寝太郎でしたね。これ本当はそういう話じゃないって後で知ったんですけど」

三年寝太郎が、本当にただ寝ている。そして寝ている描写が長く、起きない。
三年寝太郎が目覚める前に、彼女はウトウトし、眠った。
どれくらいの間だろうか。
感覚的にはほんの一瞬、ハッとするような時間だった。
カチカチという柱時計の音だけが耳に入ってきた。
辺りはしんと静まり返っていた。

お話はもう終わっちゃったのかな――そう彼女が目を開けようとしたときだ。

すぅっと滑り込むように、話が始まった。

しかし、しゃがれた爺様のような声だった。

(お爺ちゃんにバトンタッチしたのかな)

語り口調もツンドラの冷たい棘のようで、幼い彼女には耳慣れない言葉ばかりだ。

それでも、内容はやはり滑り込むように入ってきたのだという。

※

激しい冷害が起きた。

東北地方の、山間部である。

不作、凶作は珍しいことではない。知恵も、そして貯えも、僅かながらあったのだ。

それでも厳しい世相も相まって、この凶作は、致命的なものとなった。

芋も野菜も麦もとれず、村の者たちは皆山に籠って、山菜や根菜ばかりをとる日々が続いた。

県から物資が到着したが、村の有力者が備蓄に充てると言って下々の者に回ってくるのは少量ばかりであった。

麦、粟、稗、南瓜、芋。そうした保存の利くものばかりを少しずつ食べて暮らしていた。

親たちは来る日も来る日も山に籠り、山に行かない日は郷倉《ごうぐら》の管理についていがみ合っていた。

郷倉は、村や集落で運営する積み立て、備蓄のようなものである。

それを巡る対立は、空を覆う分厚い雲以上に、村に暗い影を落としていた。

やがて冬が来た。

幼い兄妹がいた。

村民は皆義務教育に否定的で、兄は辛うじて通学を許されていたが、妹はそうではなかった。

妹は、川で魚を捕っていたが、川が凍結するようになってこれも難しくなっていた。

山を掘れば、蛇が出る。霜の降りた地面でも、運が良ければカエルが出る。

少女は探した。川にも通って、氷を割り、魚を探した。

ある日、分教所から帰った兄は、紫色に変色した妹の手足を見て驚いた。

凍傷である。

兄はこれを心配したが、娘は「大丈夫だ。あっためとけば治る」と医者にかからなかった。

※

那奈さんは目を開けた。
どうも普通ではない気がしたからだ。
「その、凍傷っていうの痛いの？」
誰も何も答えず、淡々と話は続いてゆく。
お爺ちゃん――？　と彼女は目を開けた。
オレンジ色の常夜灯もない。目を開ける前と変わらない、真っ暗闇であった。
遠くからカチカチと響く柱時計の音だけが、彼女の場所を知らせてくれる。
徐々に、自分の傍に座る人影が見えてきた。
人影は勿論一層暗く、顔も何もわからない。

ただ、小柄な祖父よりも一回り大きい。

（おじさんが来たのかな――。それとも〈離れの人〉が来てくれたのかな）


「その日は、それしか覚えてないんです」

不思議と、怖いとは思わなかった。

「三枚のお札とか、怖い話は沢山お婆ちゃんから聞いていて……。それはほんと怖かったですけど、そういうのとはちょっと違ったんですよ」

幼い頃は、色々な人が彼女にかわるがわる色々な話をしてくれた。老若男女問わずだ。

祖父母の家は山の上にポツンとある。夜更けに親戚が、車の音もたてずに尋ねてくるはずもない。だがそうしたことも、あくまで「今ならわかること」だ。

結局どこの誰かわからない人など片手では数えきれない。

それに――。

「そこにはお婆ちゃんとお爺ちゃんしかいなかったんですけど、子供の頃の私はそうじゃないと思ってたんですよ」

人影や見知らぬ人の気配は、当時の彼女にはそれほどおかしなことではなかった。

家には離れがあった。

彼女は、その離れに誰か、知らない家族が住んでいると思っていた。はっきりと見たわけではないが、そう直感していた。

家の中にも、気配があった。

彼女は、離れに住む人影が、そうして母屋を訪ねてくるのだと、そう考えていた。

その頃の彼女はそれが普通だと思っていたのだ。

「そのお陰で寂しくなかったんですよね。イマジナリーフレンドっていうか。でも仏間には、そういう気配がさっぱり無くって、寂しかったんですよ」

そうした背景があり、この体験も彼女にとってそれほど特別なこととは思えなかった。


冬休みが来た。

また彼女は祖父母宅に預けられた。

冬は雪が積もる。

彼女は足跡一つない雪の上で遊んでいた。

遠くから「そろそろ家入るよ」と祖母に呼ばれ、彼女は振り返った。

そして雪の上に残った跡を見て、彼女は驚いた。

棒で書いたような、大きな文字だ。

〈たつかたい〉

横に並んだ文字で、そう読めた。

文字の周囲には自分よりも遥かに小さな足跡のようなものが点々と残っていた。

その足跡は、山の更に上の森から出て、また森へ戻っていた。

(誰かいるんだ)

彼女はやや興奮し、足跡を追ったが――足跡はどうも、靴の形ではない。

棒を突き刺したようなものであった。


夜になると、寝る前に祖母がお話をしてくれた。

再び、彼女はウトウトとし始め、祖母の声、話が途切れ途切れになった。

(それで、メロスの友達はどうなったのかな――)

話の前後の繋がりがだいぶ怪しくなり、それはごく自然に、いつの間にか明らかに違う話になっていた。

※

冬が深まる頃、少女は手も足も失っていた。

両親も兄も、備蓄を巡る争いに忙しかった。

足の感覚がなくなり、歩けなくなったのを見てようやく両親が村の病院に背負って行ったのである。

壊死が始まっていた。

そうして、脚は足首から先を、手は手首から先を、少女は失った。

ただでさえ少ない病床に空きもない。傷も塞がらぬうち、手足を包帯でぐるぐるに巻いたまま、妹は早々に帰宅した。

外から聞こえてくるのは争いばかりである。

近隣からの支援もあるはずなのに、誰かが抱えてしまっているのか、一向に出回らない。

どこどこの誰々が逃げた。村役の誰々が倉を開けて持ち逃げした。

誰が死んだ。誰がやった。

事実――姿が見えなくなる者は後を絶たない。

女子供、小作人。そうした弱い者からいなくなる。

姿を消した者は、例外なく非難の的となり、流言飛語が飛び交った。

誰が誰を食った――そんな噂さえ立ち、名主の中にも仇討ちを叫ぶ者も現れた。

だが、少女を苛んだのは、戸を閉めても聞こえてくる家の中の諍いだ。

両親は互いを責め合った。

外からでも彼女の姿が見えるように、雨戸を外して晒し者にした。

当番で家族の誰かが彼女を背負って、広場を練り歩いた。

なぜなら、もし彼女が死んだと思われれば、おそらく両親が幼い娘を食ったと噂が立つからだ。

そうなれば報復される。少ない配給が絶たれ、道で襲われるかも知れない。

少女は役立たずになった。低栄養、手術の影響、羞恥、絶望――口も利けなくなった。

雪解けが来ても、蕗《ふき》の薹《とう》ひとつ満足に取ることはできないだろう。

兄は、そんな妹を背負って逃げた。

家にあった僅かな貯えを袋に詰め込んで、家を出た。

雪の山を。

吹雪の中を。

※

那奈さんはまた所々眠っていたのかも知れないと思った。

彼女には意味がわからなかったのだ。

「それで、どうなるの？　雪の中を逃げて、どこへいくの？　お父さんとお母さんはどうなるの？」

ぷつりと、話が途切れた。

「ねえ」と彼女は重ねて問いかけたが、問いかけた先には、人影の一つもない。

起き上がって電灯の紐を引っ張ったが——。

隣の布団で、祖母が寝ているだけであった。

「『夢だろう』って、言われました。私もそうなのかなって思って、夢の話をするのって気恥ずかしいじゃないですか。人の夢の話も聞きたくないし」

ただの夢だったならどれだけ良いだろう。

雪に残されたメッセージも、足跡も、夢の一部であったならどれだけ良いだろうと思う。

「足跡は、正直人っぽくは見えなかったですね。自分のと比べて。こう、ボスっと、拳で開けたような穴が点々と……。歩幅――そう、歩幅はね、私と大体同じくらいだったと思います」

――夢であったなら、と願わずにはおれない。

しかし。

現在の彼女は、これがただの夢でないことについては確信を持っていた。

兄妹のくだりでは時折涙ながらに、苦しそうに彼女は語る。

この話には、続きがある。

寝物語・春

幼少の頃、那奈さんは父の郷里に預けられることがあった。

祖父母だけが住む家だ。

幼い女の子にとって、遊び場もない田舎は退屈かも知れないが、彼女にとってはそうでもなかったようである。

「外遊びも大好きだったんですよ。それに」

彼女は他の誰かの気配を感じ、不思議と寂しいとは思わなかった。

怖いとも思わなかった。

怖いものは沢山知っている。だが当時の彼女の世界観では、鬼は鬼の形を、妖怪は妖怪の形を、お化けはお化けの形をしている。人の形をしているならば、それは人なのである。

寝つきの悪い彼女のために、祖母は寝物語をしてくれた。

しかし寝物語はいつしか、先の見えない物語に変化していたのだ。

彼女が聞き逃したものか、主人公が誰かもわからず始まっていたそのお話は、飢饉、少女が手足を損壊、家庭崩壊、子供だけの逃避行——と最悪の展開を見せた。

語り手も、祖母でないのは確かだ。

いつの間にか、祖母でも祖父でもない誰かになっていた。

幼い彼女にとって、その話の大部分は、理解も難しいものだ。言語化できない概念を覚えておくのは難しいが、不思議と、まるで映像のように彼女の脳に滑り込んできた。

「次は春休みでしたね。祖母の話はたぶん鶴の恩返しで、そっちはあんまり覚えてないんですけど」

祖母が優しく語る、機織り機の音に誘われて——彼女はまた少し眠った。

※

ある商人の元を、青年が訪ねてきた。

町まで数日、そこから鉄道、徒歩で馬車やバスを乗り継ぎここまでやってきたのだという。

さぞ難儀だったでしょう、と商人は面会に応じた。

青年は隣県の村の出で、村の窮状を訴える手紙を携えてやってきた。

聞けばかねてよりの冷害で稗も粟も底を尽き、郷倉の財も横流しされて村人の多くが進退窮まった。

逃亡、略奪、人死に――あらゆる惨事に見かねて、こうして隣県まで手紙を持参したのだという。

だが、人食の話に及んだとき、商人の目には鋭い疑念の光が宿った。

いくら飢えたとして、人間など食えるものかね。

商人にはそこが疑問だった。

ところが青年は実際に見たのだという。彼が手伝いをしていた、ある医者のところでだ。

村唯一の医者であった。

医者は、両手両足の末端を凍傷に侵された娘を診ていた。

山の反対側の集落から来た、十歳の少女である。他の児童と同様、欠食による発育不良か、著しく小柄であった。

青年によれば、娘の足はもう凍傷が進んで切断するしかなかった。だが、手の方は両手の指を何本か欠損するだけで済むはずだったのだ。

ところがその医者は、手首から切り落とした。

町の少し大きな病院まで行き、ゆっくり加温すれば、凍傷は癒えるのではないか？

この医者は、その時間を惜しんだのか？　踏み倒されると思ったのか？

青年は疑心暗鬼に囚われた。

そこまではむしろ医者の良心であった可能性すらあるが、少なくとも青年の目には非道に映った。

おまけに医者は——切除の後、いくらか無事な手の指を食べてみたのである。

医者はすぐに狂った。

不規則な言動、徘徊、凶暴性——。

あれは獣になってしまったと、村民らは言った。

やがて医者の行方がわからなくなった。

医院からまき散らされた、薬剤や器具。そうしたものが点々と見つかり、追ってゆくと山へ山へと這入った。

川のところで行方が途切れた。

数日後、医者は凍結した川の、氷の下に浮いているのが見つかった。

今、一帯の村のいくつかは無医療村なのだという。広域医療の根付かぬ土地、時代であるから開業医任せである。診療所に新しい医師を派遣というわけにはいかない。

ここまで青年の話を聞いても、商人は唸るしかなかった。

確かに、山中に「鬼」が出るという噂は商人仲間でも囁かれていた。

冷害、大地震と続き、都市部でも物資に余裕などない。

しかして近代、この治世に鬼など、鬼と見紛う非道などあってたまるものか——商人は、僅かばかりの現金と食料を分け与え、青年を放逐した。

その日から夜な夜な、商人の枕元に貧しい民が立った。

始めは無視していた商人だったが、やがて折れて、彼らの話を聞くようになる。

だが商人は結局、「無理だ。帰ってくれ」と亡霊を追い返すのであった。

ある日、突然高貴な、恰幅のよい女性が立った。

商人は、弁財天だと悟った。彼が驚いていると、弁財天は朗々と、しかし一方的に、ある予言を残して姿を消した。

〈村の娘を導きて山中へ入れよ。山を掘れ。銀が出ずる〉

金本位制の世の中、銀など掘ってどうするものか。彼は悩んだが、そこは弁財天の予言であるから商人として無視できなかった。

翌日から、彼は村の青年の行方を探すよう遣いを走らせ、自らも村を視察する準備をした。

視察には、フォードのトラックに食料、薬、衣類などの支援物資を積んで向かった。

無論、舗装路などない。

相当な悪路で、商人は尻も頭も打ちつけ、助手席に掴まっているのがやっとだ。

途中、雪と土砂が混じってどうしてもトラックが通れない峠があった。

車を降りて難儀していると、荷台から降りてきた小間使いの一人が、寒さに震えながら休ませてほしいと懇願する。

やむを得ない。運転していた者も凍えそうであった。

二人に焚火を起こさせている間、商人が小便に出ると、木々の間をヌッと蠢く影があった。

なんだろうと、商人は影を追って山中に入った。

雪深い土地である。

気まぐれにしては酔狂で、商人自身、深追いはせぬよう慎重に辺りを見渡した。

すると、湯気が立ち上る一角がある。

行ってみると、温泉であった。温度は熱すぎたが、入れぬほどではない。

慣れぬ旅路で疲れていた。陸軍払い下げのトラックの乗り心地は最悪で、尻も肩も限界であった。

あたりの雪を攫って、温泉へ入れると丁度よい湯加減になった。

商人が湯に浸かって人心地ついていると、前方の木々がゆっさゆっさと揺れ始めた。

木々をかき分け、何か異様なものが来る。

それは、小屋ほどもある巨大な、黒い鹿だった。

いや、鹿にしてはその角は、商人の知るどの鹿、トナカイとも異なり、伸ばした羽のように平たい。

おまけに漆黒だ。

――ヘラジカだ。かつての露領、アラスカなどに棲む生き物だと、商人は聞いたことがあった。黒いとは知らなかった。

太古の昔、我々の同祖が太平洋の北を渡り、北米大陸にまで至ったのだという。その大陸の寒冷地には、こうした獣が棲むのだと、留学した友人から聞かされたことがあった。

商人はヘラジカと面と向き合い、微動だにできない。

そのうち、ヘラジカは湯に脚を入れた。勢いよくどっぷりと浸かり、商人は流されんばかりの勢いに抗って、岩にしがみつく。

こんなものが日本にいるとは知らなかった。目にした今でも到底信じられない。湯でヘラジカと向き合ううちに、夢でも見ているのではないかと思い始めた。

マタギを連れてこよう。これほどのものを狩れば、そもそも凶作など恐るるに足らぬではないか。平時には加工して——そうだ、缶詰にしたら良い。

だが鼻を衝く異臭——獣の臭いはやがて、濃い血の臭いになった。

耐えられぬ。湯が臭い。自分に血の臭いが移る。

商人は温泉を出て、トラックへ戻った。

——やられた。

山賊であろう。

連れて来た者は二人とも殺されていた。応戦して殺したと思しき山賊の死体もあった。

積み荷は解かれ、物資は食料も着物も、全て盗まれていた。

※

「山賊って、鬼のこと？」

那奈さんは、朦朧としつつ、聞いた。

わからないことは沢山ある。質問すればきりがない。しかしどうしても、そこだけは聞かずにおれなかったのだ。

それまで那奈さんが口を挟んでも、寝物語は止まらなかった。

だがこのとき、ぴたりと声が止んだ。

いいや、とややあって暗闇が答えた。

〈にんげんだ〉

人間なんだ、と彼女は思い、深い眠りについた。

「兄妹の話が聞けると思って、少し楽しみにしてたんですけどね――」

しかし、彼女の口調は幾分か軽かった。

一般的な昔話の形式に、少し近づいた部分が大きいのかも知れない。

「うーん、でもそう言っちゃうのも、ちょっと感覚というか、感性が麻痺してるんですかね？」

近づいたとはいえ、尚過酷である。

だが筆者もこの続きを楽しみにしているのだ。

話中にあるいくつかの説は、当時の学説に基づくものであり、令和の現在に於いては否定されたものがあることを付け加えておく。

寝物語・夏

那奈さんの話である。

より正確には、那奈さんに寝物語をしてくれる、何者かの話を含む。

何者か。最初それは、郷里の優しい祖母だった。

囲炉裏は埋めたが、そこは昔土間であったのだろう。農家ならではの屋根組。その複雑に組み合う真っ黒な柱の下で寝ながら、彼女は祖母の昔話を聞いた。

だが彼女がウトウトとするうち、祖母の姿はなく、何者かの人影がある。

語られる物語は、凶作から始まる、過酷な物語であった。

その物語は断片的で、中には繋がりのわからないものも多くあった。

本稿では、那奈さんが見たものを中心に、関係の深い物語のみを選んだ。

「夏休み、また祖母の家に行きました。祖母のしてくれた話は舌切り雀——二度目だからかな、眠くなるのも早くって……」

※

オート三輪が通りを走り、駅前には色鮮やかな看板がある。

遠くには巨大な鉄塔が並んでいた。その電気で走る機関車もあるらしい。

兄は、都会にいた。

町を歩けば、自分のような離村子女は珍しくないと容易に知れる。

犬のような暮らしぶりであった。

彼を匿《かくま》ってくれたのはある下宿の住人だった。その一室を又貸りする形で、屋根と壁があるだけ野良犬よりはマシである。

食生活だけは上向き、木の葉や蛇、カエルより上等なものがあった。

たまには白米にもありつけた。郷里にいたときは憧れていた白米だったが、あの雪を思い出すと何の味もしなかった。

否、雪の味がした。

都会は彼が思うほど、豊かでも温かくもなかった。

ただ暑かった。

空前の不景気だと、人々はそればかり話した。

彼は靴磨きや、捥《もぎ》りの仕事をして日銭を稼いでいた。

ある晩、そうして稼いだ貯えをもって彼は、町外れの河原へ出かけた。

演出なのか悪戯なのか、河原の石がそこかしこに積み上げられていた。

夜の河原に煌《きら》めく、沢山の提灯明かり。煌びやかな沢山の小屋——祭りのようであった。

しかしそこには、盆踊りの舞台もなく、浴衣もなく、代わりに中央の大きなテントがあった。

※

「妹は、妹はどうなったの？」

たまらず那奈さんは、人影に聞いた。

真っ暗な人影——それは既に祖母ではない。

人影は、語りを止めた。

「ねぇ、妹はどこに行ったの」

答えてくれる。そう期待があった。

だが――人影は頭を垂れたまま、何も答えなかった。

時折何かを思い出したように上を仰ぎ、またすぐに俯いた。

「――あなたは、どなた？」

そう問いかけると、人影はパッと消えてしまった。


「それから、夏休みの間、あの人影は現れなくなって――」


那奈さんは川や山で遊んだり、携帯ゲーム機で遊んだりした。

買ってもらったばかりのゲーム機で遊んでいると、すぐ傍に小さな気配を感じた。

遊びたいのかなと思った那奈さんは、ゲーム機を差し出す。

だがその人影はじっと動かず、ただ蹲っているだけのように感じた。

何となく意地悪をしてしまったような、バツの悪い気持になった。

夏祭りにも行った。

ただなんとなく――期待とは違っていた。

最後に語られたあの光景、あの祭りとは違う。あの光景には、盆踊りの舞台もなく、浴衣を着た人もいない。

お話に聞いただけのことだ。那奈さんは映像としてそれを見たわけではない。

それでも、何か不満だった。

あの話の祭りには、しきりにこちらを呼ぶような蠱惑的な何かがあった。

祖父母が綿菓子を買ってくれた。

「うめえかい？」

那奈さんは甘くておいしいと思った。

しかし那奈さんは、思ったことと全く違うことを答えていた。

〈雪の味がする〉

スッ――と祖父母の表情が曇った。

子供が駄々を捏ねてみせただけだ。

しかし、祖父母は怪訝に顔を見合わせ、「那奈ちゃん、誰かがそう言ったのかい」と聞いてきた。

「何でもない」

彼女は慌ててそう取り繕った。

笑顔を見せ、はしゃいでも見せたが——祖父母はややぎこちなく「そうかい」と笑うだけだった。


祭りでは、沢山の金魚を掬い、ボールを釣った。

そんなに釣ってどうすんだ、と祖父母は笑ったが、彼女は「弟にあげる」と笑ってごまかした。

那奈さんは、お土産にするつもりでいたのだ。東京にいる生後間もない弟へ、ではなかったが。

翌日、彼女は一人、離れに行った。

手には金魚を入れたビニール袋を持っていた。

携帯ゲーム機を渡したとき、意地悪をしたように感じた。

これはその、彼女なりのお詫びなのだ。

離れは二つ、まず農機具などを置いた明らかな倉庫として使われている小屋がある。その奥、少し歩いて、敷地もへったくれもないようなぎりぎりのところに、一つよくわからない小屋がある。

手前の離れよりも新しい、せいぜい母屋と同じくらいの年式に見える。かなり小さいが、住もうと思えば母屋より快適かも知れない。

そう那奈さんはずっと不思議に思っていた。

部分的に改修されたアルミのドアを開けようとしたが、鍵がかかっていた。これはかなり意外だった。母屋にも鍵などかけるのを見たことがないし、手前の離れには戸そのものがない。

裏手に回り込んでみると、サッシが嵌っている。ガラスのある部分はベニヤが打ち付けられており、そのベニヤも雨風と土埃に晒されて、もう何年も開けられた形跡はない。

仕方がなく元来た表側へ戻ってみると――。

ドアが開いていた。

薄く、しかし確たに、先ほどはノブを回しても微動だにしなかったドアが、開いていていた。

「お爺――？」と、彼女は問いかけた。

答える者はない。

彼女は恐る恐る、ドアの隙間から覗き込んだ。

薄暗い。それでも、辛うじて造りは見える。

家などと呼べるものではない。

狭い土間の向こうには、たった一つの部屋があるだけだ。

波打った筵《むしろ》か畳かわからない部屋の真ん中に一脚の卓袱台《ちゃぶだい》。

物置。目に入る壁という壁に雑多な物が立て掛けられており、そう思えた。

壁際にあるものは目的不明の板や台車など。それから古びた、しかしいやに派手なポスターのようなもの。難しい漢字が書かれており、読めなかった。

誰の姿もない。

誰の気配も感じない。

(ここには、いないや。いないけど——)

彼女は、ドアの内側すぐのところに、金魚の入ったビニールをそっと置いた。

すると。

水を満杯にしたビニールが、何かに踏まれた。

ぐにゃりと変形し、ポンと弾けた。

ぴちぴちぴち……と小さな金魚たちが散乱する。

何もいないはずだ。薄暗くとも、彼女にはわかる。

しばし混乱していると——金魚たちの動きが変わった。

一斉に彼女から離れるように、奥へ向かって跳ね始めたのだ。

それははっきりとした危機回避行動。水の中を逃げるように、必死で、皆同じ方向へ——。

彼女は走って逃げた。

※

派手な着物を着崩した女が、斜に座っていた。

たった一枚、畳を敷いただけの空間である。

女はスッと上を向き、白目を剥いた瞼を痙攣させている。

その鼻から、すっと一匹の蛇が顔を出した。

ヤマカガシか何かだろうか。山ではあまり見かけない、小さな、小さな蛇だった。
歓声。
背後から、両脇から、手を叩いての歓声。
兄はそっとその乱痴気騒ぎを抜け出して、他の小屋へ行く。
煽情的なポスターを眺めて、次に観るものを探した。
昨晩には見切れなかった。
ガキの癖に助兵衛な野郎だ！　と行く先々で嗤われたが、無視した。
兄は、祭りの喧噪を進んだ。
中央のテント。
この見世物小屋のメインステージは、達磨女《だるまおんな》である。

※

「達磨って？」と那奈さんはどれほど聞きたかったことか。
だが、唇を噛んで耐えた。迂闊な質問をして、また人影が去ってしまうことを恐れた。

猛獣使いや蛇使いもいて、サーカスのようであるが、その見世物小屋というものでは、どうも人間が見世物になっている。

ここは現代、古い農家の一室で、網戸の外では虫の声がする。

柱時計の音。

祖母はもう眠っているのだろう。

今、寝物語をしてくれているのは、おそらく人ではない。ずっとここに棲み、共に暮らしてきたが、人ではない。

あの春の晩、そして更に前の冬の晩、話をしてくれたその人影が、果たして同じなのかもわからない。

それでも、彼女はもう知った。人の姿をした鬼がいるように、人の形をした人ならざる者も、いるのだ。

そしてもう一つ、今日彼女はふと思ったことがある。

雪に残った言葉、足跡。

「雪の味がする」と言ったときの、祖父母の表情。

そして金魚——。

これは、ただの昔話ではないのかも知れない。

※

兄はがっくりと項垂れて、見世物小屋を後にした。

ここにもまた、妹はいなかった。

妹はどこかで見世物になっているに違いない。

あの男も言っていた。それしか生きる道はないと。そうして生きるなら、価値があるとも。

兄は悔いた。

悔いて悔いて、泣いた。

人々は、その少年を避けて歩いた。

これは、兄の懺悔である。

数日かけての山越え——持ち出した食料はとうに底を尽き、雪を口に入れて歩いた。

吹雪の晩、兄妹はたまらず山の洞窟に避難した。そこは街道に合流した先の斜面にあった。

経験上、洞窟には先客がいる。熊か、人間だ。人間は冬眠しない。

その晩転がり込んだ街道沿いの洞穴には、ある男と、三人の幼子がいた。

その子らを親から買ってきたところだと男は言う。

この男は東京から、年に数度こうして人を買いにきているのだという。そういう人間は他にもいるのだと、少しも悪びれなかった。本当は十二、三の女が欲しいが、もう買い尽くしてしまったとも言っていた。

敵意はないようで、さも世間話のようにそんな話をしては、兄を見て育ちがいいだの恵まれているだのと軽口を叩いた。

ここより北の土地では、凶作はより深刻なのだという。空腹を木の根と皮で満たすしかない状況だ。

確かに、連れの幼子らは見るからに餓鬼であった。着物も、垢で真っ黒に汚れたボロを巻き付けただけ。

アレはこの世の地獄だ。逃げることも、争う気力もない人間が取り残されている。俺たちは何も悪さはしてねえ。

これは人助けだと、人買いは言う。

人買いは兄に提案した。この先に車を隠してあるというのだ。

――妹を売るなら町まで連れてゆく。歩けない妹を背負っての山越えは、絶対に不可能である。提案を受けないなら山で死ね。

兄はその提案をきっぱりと突っぱねた。

だが、懺悔しなければならない。

朝になって吹雪は落ち着いた。それでも二人きりの道行きは、険しすぎた。

妹は何度も背中から降りようと藻掻いた。

――置いていけというのか。

妹は口が利けない。唸り声ひとつ上げなかった。

あの山に置き去りにし、せめて楽に死なせてやろうとしたのだ。

ほんの、気の迷いだった。

思い直して戻ったとき、妹の姿は既になかった。三十分もしない間だった。

ある商家――隣町の大きな商家が村の出身者を探している。

何か悪さでもしでかしたのか、方々に手を回してある男を探しているらしいのだ。

大きな声じゃ言えねえが、と前置きし、懸賞金までかかっていると小声で話す者もいた。

その話は、靴磨きをしているとき、何度か噂に聞いた。

どうやら本当であるらしい。

歳頃、背格好から、大体の見当はついていた。

同郷のこと、顔も名前も知っていると告げると、上等な靴を履いた紳士は新聞を畳んで、興味深そうにこちらを見た。

――小僧、うまくやればいい暮らしができるぞ、と紳士は笑った。

滅相もございません、と兄は、このところようやく身に着いた都会の言葉で答えた。

それよりご存じないでしょうか。どこか遠くで、達磨を出す見世物小屋を……。

そう尋ねると紳士は「年の割にませたことを言うじゃないか」と驚いて、「構わん。上等のを見せてやる」と言った。

生憎《あいにく》育ちだ悪いもので　少年は、そう卑屈に笑った。

※

大人になった那奈さんには、もうあの気配は感じられない。

祖父母のことも、大きな人影のことも、雪の中で出会ったあの子のことも、ゲームで遊べなかったことも、金魚を逃がしてしまったことも、全て昔のことだ。

だから、もうこれは終わった話である。

彼女によれば、おそらく祖父母も多くは知らないという。

根拠はあの離れにある。

「……いえ、考え過ぎだと思うんですけど、あのポスターというか、看板みたいな……」

もし祖父母が過去、あの兄妹に深く関わっていたなら、あんなものが残されているはずはないというのだ。

勿論、彼女の記憶違いであるかも知れない。何しろ見たのは一度だけだ。

それでも、あれはきっと見るべきではないものだという予感があった。

「だから、あそこへはもう行かないです。あれがもし、もし私の覚えている通りのものだったら――そんなの」

——辛すぎるじゃないですか。

おそらくそう言いたかったのだろう。

両手で顔を覆った彼女の言葉は、途切れてしまった。

そうして彼女は、しばし声を殺して泣いた。

それは彼女にとって、あの子たちのために今だからこそしてあげられることの一つなのだろう。

小僧さん

佐々木氏は宅配便のドライバーである。

「僕が十年ちょっと前に担当してた、あるお寺さんの話なんだけどね」

そこは町外れの小高い山の上にあり、中腹にある申し訳程度の狭い駐車場から先は、石段を徒歩で上ってゆかなければならない。

「その階段がまた、長いんだ……。数えたことはないけど、三百段以上はあったんじゃないかなぁ」

なので当然、営業所の中では難所扱いであった。

厄介とまでは言わないが、大抵のドライバーは敬遠する。学生時代にラグビー部だったという一点において、佐々木氏がそこの担当に充てられていた。

「……まあ、不在ばっかりの学生街よりはマシだったよ。上まで行けば、必ず受け取ってもらえたからね」

――段ボール箱を小脇に抱えて、汗をかきかき石段を上る。

頭上にかぶさる青々とした木立からは、沢山のセミの声が降り注いでいる。

風はなく、湿度は高い。

山門をくぐる頃には全身、雨に打たれたようにびっしょり。

流石の佐々木氏も両足が上がらず、疲労困憊の態である。

「ハァ……、やれやれ……」

色褪せた本堂の前を通り、住職一家が暮らす住居、いわゆる庫裡《くり》に向かう。

年季が入ったトタン壁の平屋には、六十代の住職夫婦と、住職の母であるお婆さんが暮らしている。

「……●●さんこんにちは、お荷物でーす」

佐々木氏は玄関先で声を上げた。

この庫裡にはインターホンがなく、住職夫婦が留守の場合、お婆さんが奥の間にいて、気づいてもらえなかったりする。

ああ、これはダメだな――聞こえてない。と、思った時。

いつものように、本堂の裏からトタタタ、と小さな人影が現れる。

「こんにちは。またお荷物が届いてるから、渡しておいてくれるかな」

佐々木氏が言うと、コクリ、と彼の前で頷いてみせる。


つるつるに剃り上げた坊主頭。

襟元が薄っすらと垢じみた白衣に、腰衣。草履。

おそらく六歳かそこらの、小僧さんである。

ややもじもじと身体をくねらせてから段ボール箱を受け取り、こちらを見上げた。

「サインはこっちでしておくからね。じゃ、どうもありがとう」

佐々木氏は帽子のバイザーをつまみ、ニッコリ笑ってその場を去った。

山門を抜け、石段を降り始めてから一度振り返ると、小僧さんは荷物を両手で突き出すようにして、小走りで庫裡に向かっていた。


「――多い時には月に何度も荷物を預けた気がするし、こんな言い方するのもアレだけど、もう当たり前みたいになっちゃってたんだよ」

人間っていうのはね、慣れる生き物だよ、と佐々木氏。

ツラい石段も、一年中いつでも、何時でも本堂の裏から出てくる小僧さんも。

「そりゃ最初に会った時は、その場で座り込みそうになったよね」

しかしあまりにも頻繁に触れ続けていれば、やがてそれは日常の一部になり、「異」ではあっても「怪」ではなくなる。

不思議なもんだね、と首を振った。

——その小僧さんの顔には、両目がなかった。

鼻も、口も、耳もなく、ただ肌色の、卵のような顔をしていたそうである。

執念

白石さんが中学一年生の頃、夏休みの話だという。

「……あれは、プール帰りだったか部活帰りだったか。ちょっとうろ覚えなんですが」

自宅近くの公園に自転車を停め、休憩していたらしい。

当時、そこの自販機でファンタを買ってベンチに座るのが日課だったようだ。

「夏休みになると毎日お祖父ちゃんが、ジュース代にって二〇〇円くれてたんです」

冷たい飲み物もさることながら、日に日に貯まってゆく数十円のお釣りも楽しみだった。

時刻はおそらく、午後三時くらい。

ぼんやり考えごとをしたり、真っ青な空を流れてゆく雲に面白い形がないか探したりしているうちに、ジュースは飲み終わる。

「で、そろそろ帰ろう、と思って自転車にまたがったら」

ふと。小走りに、公園へ駆け込んで来る姿がある。

「――エリちゃん。エリちゃん」

「あっ、叔母ちゃん」

「だめよ、まだ帰っちゃ駄目」

「……えっ、なんで？」

叔母さんは目の前まで来て、一度口ごもる。

白石さんの家の方を見てから、また強張った顔で向き直った。

怒っている訳ではないようだが、見慣れない様子に不安を覚える。

「一旦、叔母ちゃんのウチに行こうか。ね、そうしよう」

「え……、うん……」

白石さんは言われるまま、自転車を押してその後ろに続いた。

なんとなくこの場で逆らってはいけない、逆らう場ではないような気がしたらしい。

そして薄っすらとだが、今日これから起こることについて、覚悟しておかなければならない、とも思った――。

つまりは「嫌な予感がした」ということであろう。

「お母さんには言っておくから、大丈夫だからね。ウチでテレビでも見ててね」

言っていることは明らかな時間稼ぎ。言葉尻も震えており、余計に落ち着かない。

白石さんは少し、泣きそうになった。

※

普段は馴染みのある親戚の家も、状況が違えば赤の他人の家のように感じる。

「それでもしばらくグッとガマンして、叔母さんの家でテレビを見てたら、今度はお祖父ちゃんが迎えに来たんです」

やっと来てくれた、と彼女はすぐさま立ち上がる。

しかし。

「……でも、叔母さんとしばらく話をしてたと思ったら、お祖父ちゃんまで変なことを言い出して」

自転車をここに置いて、少し散歩しながら帰ろうと言う。

早く家に帰りたかった白石さんは、流石にぐずった。

「もう疲れた、帰りたい、って。そしたら急に、グイッて手を引かれて」

いいから行くぞ、とお祖父さんは硬い表情で言い、彼女を連れ出した。

明らかに普段のお祖父さんではない。

何かが起きている。

やっぱり何かがあったのだ——。


「——ねえ、どこに行くの？　あたしもう帰りたい、帰りたいよ……」

今にも泣きそうな白石さんは、懸命に問いかける。

しかしお祖父さんはそれに答えず、まっすぐ前を見て歩き続ける。

完全に家とは逆方向。

このまま行くと小学校か、あるいは、お寺があるくらい。

ねえ！　と強く腕を引いたのでお祖父さんが彼女を見る。

その顔が瞬時、ギョッと歪む。

「エリ……、大丈夫だぞ。しっかりせい。大丈夫だからな」

「大丈夫って何が？　どこに行くの？」

「ちょっと寄り道をするだけだ。すぐに帰れるからな」

そろそろ夕方になろうかという頃なのに、日差しが弱まる気配はない。

道路の向こうにはまだ陽炎《かげろう》が立っている。

容赦のないセミの大合唱が頭の中にまで響いてくる。

じりじりと照り付ける太陽に背中を炙られながら、ふたりは小学校の前を通り過ぎ——更に十分以上歩いて、やっとお寺の山門をくぐる。

「……暑い、お祖父ちゃん。暑い……」

「もう着いた。もう着いたぞ。あとちょっとだ」

本堂の前で、「住職！　住職！」とお祖父さんが大声を上げた。

やっと手を放してもらい、その場に座り込んだ白石さんを後目《しりめ》に、お祖父さんと寺の住職は何やら難しい顔で相談を始めた。

「……そうかい。わかった。じゃあ今晩は、ここで預かろう」

「すまんな。迷惑をかけてしまうが……」

「心配ない。これが山だろうから、どうにか今夜が乗り切れたら、あとは大丈夫だろう」

「うん。どうかよろしく頼みます」

住職は禿頭に汗を浮かべながら、彼女の前に膝をついた。

白石さんはぼんやり、その顔を見上げる。

「エリちゃん。恐ろしいとは思うが、みんなエリちゃんのためにしてくれていることだからな。頑張らないといけないよ」

「……あたし、もう、帰りたい」

「うん。明日にはきっと、帰れるからな。頑張ろうな」

「……もう帰りたいんだよォッ！　馬鹿！　泥棒ッ！　変態ッ！」

「エリッ！」

お祖父さんに両肩を掴まれる。

彼女はもがき、絶叫した。

「いやあああああああああぁぁぁあぁぁぁぁッ!!」

「……エリちゃん。これを見てごらん」

素早く本堂に戻り、また帰ってきた住職が、作務衣の袖から何かを出した。

手鏡。

「馬鹿！　馬鹿！　馬鹿！　馬鹿！」

「エリちゃん、ほら。これで自分の顔を見てごらん」

ぐっ、と突き出されたその鏡に、映っているのは――。


――鼻の先をつまみ、十センチも引き延ばしたようなネズミ顔。

ほとんど縦に割れた両目。

人間の顔ではない。


「ひゅッ……」

白石さんは気も狂わんばかりの寒気に襲われ、即座に失神した。

あとの記憶はない。

※

その日、一体何が起こったのかをきちんと聞かされたのは、彼女が高校生になってからのことだったという。

最初に異常に気付いたのは、公園の前を通りがかった叔母さんだった。

あそこに座っているのは誰だろう。

エリちゃんのように見えるが、顔つきが違う。

まさか――。


叔母さんはすぐさまお祖父さんに、白石さんが「憑き物」に選ばれたかも知れない、と連絡を入れた。

あの顔は「お母さんやお兄さんが憑かれていた時にそっくり」だ、どうしよう、と。

お祖父さんは慌てて菩提寺の住職に電話をし、職場から早退した。

妻に憑き、息子に憑いたものが、今度は孫に憑いたかも知れん。

また追い払って欲しい。

話を聞いた住職は、翌日の予定を全部取り消し、本堂の中に大きな布団を敷いて憑き物を追い出す準備に取り掛かった。

その際、寺を継ぐ自分の息子にも同席するよう言ったという。

「エリちゃんの次の代は、もしかしたら、お前がすることになるかも知れんから――」

やり方を覚えておけ、ということだった。


「だから……、これは先祖代々ってことかも知れないんですけど。そもその原因というか、なんでそんなのが執念深く、うちの家系に来るのかは、お祖父ちゃんも知らないって言ってました」

とにかくずっと昔からそうなのだと言い、お前が結婚する時まで、このことは公言するんじゃないよと念を押した。

現在、彼女はまだ未婚である。

彼氏もいないという。

「勿論男の人と付き合ったことはあるんですが、結婚までは……。だって私に子供が出来たら、いつか、あの時の私と同じ顔になるかも知れませんから」

ひどく不安だという。

あの顔を再び目にして、耐えられる自信がない。

なので多分、自分はずっと未婚のままだと白石さんは言った。

叔母さんに子供がいなかったのも、どうやら同じ理由であったらしい。

しかし、もし再び憑き物が現れたら、その時はその時でまた、お祓いをしてもらえばいいのではないか。

「それは無理なんです。あれの追い払いかたを知ってるご住職は、私が高校生の時に亡くなりました し……」

その息子さんも数年前、高速道路での事故に巻き込まれ、命を落としたという。

「だから――わたしの家系は、私で終わりなんです。あのお化けも、ずっとそれを望んで、私達にとり憑いて来たのかも知れません」


あいつの執念勝ちですね。

――そう言って、白石さんは話を終えた。

同級生

安田氏は三十代後半、某市の職員である。

「ある公共工事の、下見に行った時の話です。松村さんは普段、建設業をされてるんですよね。だったらご存じかとは思いますが……」

どんな現場でも紙の上だけで計画を立てる訳ではない。実際の現地調査は必要になる。

「そこは元々民地だったので、すぐには着工できない状態だったんです」

※

三年前の夏。まだ日も高い午後。

彼は数人の同僚と共に、汗を拭き拭き、その場所を訪ねた。

緑の雑草が生い茂る、町はずれの空き地である。

腰の高さまで伸びた草むらの奥には、壊れた家具の残骸などが遺棄されている。

風雨に晒され、いずれも朽ちてしまっているが、箪笥や水屋、テーブル、椅子――。

よく見れば空き地のあちこちに、ゴミとなった生活用品が散らばっていた。

――つまり、更地と云えるような状態ではない。

「これ、不法投棄ですかね……」

「……いやぁ、元々ここの建物のじゃないかな」

隅の方に、柱や板壁と思しき廃材が積んであった。

どうやらこの土地に建っていた家は解体されたものの、それによって出た廃材は、中にあったものも含めて全部、処分せずに捨て置かれたらしい。

安田氏らは困り顔で周囲を見回す――。

燦燦《さんさん》と降り注ぐ陽光に対して、どこかちぐはぐにも思える、奇妙な静けさ。

あまり長居したい場所ではなかった。

暑さのせいだけではない。

「――どう云えばいいのか……。要は単に汚い空き地なんですけど、見れば見るほど普通じゃない感じがすると云うか。何だか、殺伐としてる印象で」

想像するに、例えばそれは「殺人事件の現場」のような感じだろうか。

「ああ。そうですね――変な云い方になりますけど、〈土地の死体〉というか」

なるほど。

しかし、随分不穏な表現である。

具体的な理由は不明だが、彼がその空き地に、かなりの違和感を覚えたのは確かなようだ――。

強烈な日差しの中、敷地をひと回りしただけで全員汗まみれになった。

しかしそれは不思議とすぐに冷え、陽があたらない身体の裏側は寒気すら感じる。

軽い眩暈も続いている。

熱中症になりかけていたのかも知れない。

と――やがて。

安田氏は、さっきから自分がしきりに、同じ場所ばかり見ていることに気づいた。

ずっと、雑草の合間から覗く本のようなものに目が向いてしまう。

無意識的にその表紙の、剥がれかけたマークを確認しようとしている。

あれは何だろう、と今更のように思った時には、勝手に足が動いていた。

青くさい汁が靴を汚すのも気にせず、草をかき分けて進む。

――徽の生えた表紙には、見覚えのある校章が箔押しされていた。

自分が持っているものと、同じ。

同じ中学の卒業アルバム。

永らく雨に打たれたせいで、頁は束になって波打ち、固まっている。

「……おい、どうした？　財布でも落ちてたのか？」

「えっ？　ハハッ、いえ……」

開きそうなところを抓んでめくってみると、そこには親指ほどの大きさの懐かしい顔が。

いくつも、いくつも。

いくつも、いくつも、いくつも。

あるいは笑顔で、あるいは無表情に、真っ直ぐこちらを見つめている。

安田氏は少し、ゾッとした。

年度まで同じである。

つまりここにあった家に、かつて同級生が住んでいたのか——。

一体誰だろう。勿論調べればわかることだが、それは私事だし、わかったからといってどうなる話でもない。

考えてみると、ここは校区から随分離れている。市の中心部を挟み、殆ど端と端。

おそらく卒業後にここに越して来て、出て行く時には、これを置いて行ったのだろう。

あるいは、持って行けなかった。

何故……？

その子は今、どこに？


——安田、おい安田ッ、と声を掛けられ竦《すく》み上がる。

いつの間にか額にびっしょり冷や汗をかいていた。

そろそろ戻るぞ、と歩き去る同僚たちに慌てて続き、彼はその場をあとにした。

帰りの車中で、アルバムに触れた指をごしごしとズボンに擦りつけてみたが、一度巣食ってしまった奇妙な胸の苦しさは、簡単には去らなかった。

※

それからである。

夜、安田氏は寝入りばな早々に、睡眠を中断されるようになった。

一緒に暮らしている両親が、血相を変えて部屋に入ってくるのだ。

「……どうしたんだお前、大丈夫か？　どこか具合でも悪いのか？」

「……何だよ、寝てたのに。勘弁してよ……」

「どこかが痛いとかじゃないのね？　うなされてるだけ？」

「何……？　何云ってんの？　疲れてんだからほっといてって……」

不審な顔をする両親を追い出し、またすぐ眠りにつこうとするのだが、一度起こされてしまうとすぐには眠れない。

苛立って何度も枕をひっくり返すうち、睡眠時間も減る羽目になる。

そんなことが、月に何度か起きる。

自分では、何故起こされているのかよくわからない。

どうやら寝ぼけて何かを叫んでいるらしいのだが、両親に詳しい話を聞く暇もない。

市の職員といっても、やはり処《ところ》によって環境はそれぞれのようだ。

安田氏の場合は酒好き説教好きな先輩がいるおかげで、勤務時間外の付き合いが多く、疲れを溜め込みやすい。休みの日には外出する気にもなれない。

両親には、ストレスで寝つきが悪いだけだから放っておいてくれ、夜には絶対、部屋に入って来ないでくれと強く頼んだ。

※

数か月が過ぎた、二年前の初冬。

朝、重い身体で出勤の準備をしていると、後ろで母親が彼の様子を窺っている。

見ればその顔面は蒼白で、瞼が震えている。

「……なに？」

「……お願いだから、落ち着いて聞いて頂戴。大事な話だから」

安田氏も流石に驚き、何かあったのかと訊ねた。

母親は慎重に言葉を選びながら、真剣な表情で言う。

「お母さんも、見た。あなたが夜中に叫んでたのは、あれのせいだったのね」

「……あれって何だよ」

――いけないとは思ったんだけど、昨日の夜、あなたの部屋を覗いたら。

若い、中学生か高校生くらいの女の子が一緒に寝てたのよ。

あなたの横で。

ベッドの上で。

制服姿で――。


「……何云ってんのかわかんない。やめてくれ」

「吃驚《びっくり》して、部屋の電気をつけようとしたら、もういなくなってて。でも確かに見たの。それからはもう、怖くて眠れなかった……。どうしてお父さんとお母さんにすぐ言ってくれなかったの？　そんなに痩せるまで、ひとりで悩んで」

「知らないって。ホントに知らないから、やめろ」

「これからどうしたらいいか、一緒に考え——」

「……うるさい！　やめろッ！」


思い返せば、あの卒業アルバムを見つけた時。

何故か安田氏は、当たり前のように持ち主を、女子だと思った。

なのでその境遇を思って不憫になり、今どこでどうしているのだろう、と心配したのだ。

しかし。

母親の言葉を信じるなら、状況は少し変わってくる。

誰とも知れぬ同級生への、同情の裏側に——ひたり、と寒気が張り付いた。


その後、遂にどこかでお祓いを受けるよう勧めだした母親に嫌気がさし、安田氏は実家を出た。

壁の薄いアパートに入ったのでは、夜驚症《やきょうしょう》のような現状を迷惑がられるかも知れず、ある程度防音の整ったマンションを借りる必要があった。

今は築二十年以上の1Kに、ひとり暮らし。

仕事が終わってもすぐに帰宅する気にはなれず、外で食事を済ませて帰ってくる。

寝つきの悪さは実家にいた時よりも悪化しているのだが、必要に応じて睡眠導入剤を飲むようにし、なんとか過ごしている。

そして時折――万年床で寝がえりを打った拍子に、薄目を開けると。
暗闇の中で、ひっつめ髪の無表情な女子中学生と、目が合う。

それが誰なのかを確認する前に、その子は消える。

※

「――なるほど。じゃあその子が誰なのか、わからないまま？」

「うーん……。暗いですし、正直そんなにハッキリと見えてる訳じゃないんで……」

「卒業アルバムの写真を一枚一枚確認すれば、もしかしたらわかるんじゃありませんか」

「……どうかな。でも、ええ。もしかしたら」

「確認しましょう、今」

「でも僕のは、実家に置いてありますし……」

「だったら、その鞄の中のを見せてください。持ってるんでしょう」

私は安田氏の鞄を指さした。

彼の唇がギュッと強張る。

「ずっと気にされてるから、わかります。拾ったんですね。その、アルバムを」

「………」

「一度拾ってしまったら、捨てるに捨てられない。でもそれがあるせいで、その子が現れるのかも知れない。一体どうしたらいいのかと思い悩んで、今日それを、お持ちになられたんでしょう」

沈黙。

やがて彼は、ほーっ、と深い溜息をついた。

「……そうです」

「申し訳ありませんが、僕はただの怪談屋で、霊能者でも何でもありませんから、そういった物をお預かりはできません。でも、ここであなたと一緒に確認することはできる」

その子が何組の、何という名前の子なのかを確かめましょう。
アルバムを処分するのは、それからでもいい。
どうですか。
安田氏は赤味の抜けない目を何度か瞬かせてから、頷き——。
ゆっくり、鞄の蓋を開けた。

あとがき

道に迷いつつもどうにか後書きまで辿り着けた筆者は、今回どうにか乗り切ったぞという気持ちでこれを書いています。

最後までお付き合いくださいました読者の皆様、お話を預けてくださった皆様、また果てないご辛抱を賜った編集の皆様に、最大限の感謝を申し上げます。


〆切が明けた七月某日、高輪の裏道で迷っておりました。

空は重い雲に覆われており、どうも今年は梅雨が長引きそうだな、と農作物の出来が心配になりました。

改稿中に「やっぱここは資料当たらなきゃダメだ」と煩悶した挙句、半ば発作的に資料館へ向かっていたのですけれど、シャツ一枚では肌寒い。

そんな有様で閉館ギリギリに訪れた僕に対しても、親身になって文献探しを手伝ってくださった学芸員の方々には助けられました。大人になってからというもの、資料館でも図書館でも、あまり親切にされた記憶がないので感動しました。

しかも折悪く書架は閉鎖中だったようで、かなり無理をお願いしてしまった形です。物流博物館の学芸員の方に、この場を借りて謝意を申し上げたい。

さて、令和最初の「超」怖い話となりました。

年号を超えてまた続けられることはまず有難い一方で、心残りもございました。諸般の事情により原田さんがフル参加かなわず、いちファンとして大変残念と申し上げたいです。不在、まぁそういうこともありますよね、この居場所を守れるよう前向きに……と覚悟を決めたまでは良かったのですが――。

この留守番は簡単なことじゃない。僕自身があの強烈なエネルギーの虜で、毎回圧倒されてきたファンの一人なんですから。

全力を尽くしましたが上手くやれたかどうか、そこは読者諸氏のご判断を仰ぐ所存です。

願わくはまた来年、皆様にお目にかかれることを。

夜

去年のあとがきに記したゴマ助という猫に、妹分ができた。

つまりはまた、猫が増えた。名前はスズという。

こんな仕事をしていると自分自身より、家族に災いが降らないかとそればかり心配していて気が休まらない。とりわけ猫は体調が悪くなっても隠したりするし、こちらが気づいた時にはもう相当に具合が悪化していたりするので、夫婦揃って猫の顔色ばかり見ている。

道端で間一髪のところを保護された子猫となれば、尚更である。

スズは朝から晩まで元気に走り回るが、身体に熱が籠りやすい。

寝ている時の呼吸も荒い。

そしてある夜に突然、うずくまって動かなくなった。

病院で詳しく調べてもらったところ、漏斗胸《ろうときょう》だった。

読者諸氏におかれては、今特段に用がなければ、それをネットで検索したりするのはお勧めしない。世の中には生まれつきそういう猫もいるのだ、という認識で結構である。

スズの場合は背骨にも異常があり、心臓は胸骨に押されて変形していた。

覚悟してほしいと女医さんに言われ、私の胸の中は冷たくなった。

このまま死ぬかも知れない、というのだ――。

何か思うところがあったのだろうか。家内は「神頼みをしてきて欲しい」と私に言った。丁度市内に、猫と、その飼い主だった女性を祀った神社があるから、とのこと。

なるほど私は高校生の頃、毎日のように学校をさぼってその神社の前に自転車を停め、上にある公園で早弁をしていたので、そこに縁がない訳ではない。

当時は猫を祀っていたとは知らなかったし――いや、待て。

何なら高校受験の願掛けをしたのもその神社だった筈だが、それで合格させてもらった人間が、連日昼日中から授業も受けずに、よりにもよって目の前をウロウロしていたことになるのではなかろうか。今、この原稿を書きながらそれに気づいた。

とんでもない話だ。大丈夫か。

とにかく……、私は小雨の降る六月某日、カップ酒を手に件の神社を参拝した。

蓋を開けて酒を供え、財布の中の小銭を全部賽銭箱に流し込んで、パンパン、と柏手を打った。スズの奇形を治して欲しい、とは願わなかった。

――只この猫が、しあわせな一生を送れるように見守ってやって下さい、と祈った。

五分くらいもそうしていただろうか。

いつの間にか涙が滲んでいたので恥ずかしくなり、ぐいッ、とそれを拭ってから、お供えの酒を下げてひと口呷った。

やけに美味くて、思わずホッと息が漏れてしまった。

鳥居をくぐると晴れ間が差し、濡れた石段が美しく光った。


七月——。

リビングで我儘放題に走り回るスズを先ほど、どうにかこうにか寝かしつけ、このあとがきを書いている。最早台所まわりの壁紙は、救いようがないレベルまで剥されている。

彼女にとって今日という日は、しあわせな一日だっただろうか。

無駄にはできない、大切な一日一日だ。

そうであったらいいな、と思う。


ではまた、来年。

松

著者別執筆作品一覧

松村進吉
わらし
薄氷
深海
太鼓
怖い声
おとろし
小僧さん
執念
同級生

深澤夜
ふすま
死に霊
ディストート
位置ゲー
優勝
正しくない顔
蟲
寝物語・冬
寝物語・春
寝物語・夏

原田空
裏在
堕酒
虐呪

「超」怖い話 己

2019年8月6日　初版第1刷発行

編著　松村進吉
共著　深澤 夜／原田 空

カバー　橋元浩明（sowhat.Inc）
発行人　後藤明信
発行所　株式会社　竹書房
〒102-0072　東京都千代田区飯田橋2-7-3
電話 03-3264-1576（代表）
電話 03-3234-6208（編集）
http://www.takeshobo.co.jp

印刷所　中央精版印刷株式会社

ISBN978-4-8019-1953-2 C0193